Canon佳能 EOS 7D

全程学习指南

新锐摄影

张 璋　穆杉伯男　黄媛媛　编著

化学工业出版社

·北京·

■ 佳能EOS 7D
■ EF-s 17-55mm f/2.8 IS USM
■ ISO 100，f/9.5，1/160s，55mm

佳能EOS 7D
EF24-70mm f/2.8L USM
ISO 100，f/8，1/250s，40mm

70mm f/2.8L USM

00, f/4, 1/100s, 70mm

EOS 7D

目录 〉〉〉〉〉〉〉

第一章

EOS 7D
八大功能进化

高清视频拍摄功能

高清视频拍摄与实时取景功能已经成为佳能EOS单反数码相机标准功能之一。

Canon对即时显示及短片录制功能，可以用EOS 7D机上的即时/短片切换钮，并进行录、停的操作。

EOS 7D的短片拍摄支持手动曝光模式，以及短片专用的程序自动曝光模式。手动曝光模式适合进阶人士使用，可以使用大光圈拍浅景深，或是自行设定快门速度，适应更多的使用需要。

佳能EOS 7D数码单反相机可以根据使用者的不同要求，选择3种视频拍摄方式。佳能EOS 7D的CMOS图像传感器采用八通道读取数据，因此可以实现1920×1080全高清、每秒30/25/24帧的视频拍摄能力，也可以实现1280×720标清格式和640×480标准视频格式，50帧/秒至60帧/秒的速度进行拍摄。

与一般家用摄像机以及普通数码相机视频录制方式不同，佳能EOS 7D可以搭配佳能超过50支以上的EF和EF-S镜头，从鱼眼镜头、超广角镜头、微距镜头到超远望镜头等。可以拍摄出如电影效果一般，具有丰富层次和景深效果的视频。在光线不足的情况下，大面积的CMOS和高ISO（感光度）不但可以保证拍摄，还可以提高完美的画面质量。

APS-C画幅1800万有效像素

佳能EOS 7D搭载了佳能全新开发、有效像素约1800万的全新APS-C画幅CMOS图像感应器，焦距转换系数为1.6。

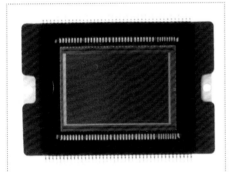

EOS 7D的CMOS晶体科技中导入了更加精密的制作工艺，实现了4.3微米的单一感应器尺寸，让像素达到了1800万。另外，EOS 7D还支持全高清短片拍摄。

加入了EOS整合除尘系统（E.I.C.S）的EOS 7D，也免除了许多人不敢自己清理图像传感器的问题，或是在户外拍摄时，无法及时处理灰尘的困扰。

一般来说高像素的数据庞大，要求处理图像的计算机具有很高性能。但由于储存媒体的大容量化和计算机的高性能化，超过50M的约1800万像素的数据也进入了实用范围。EOS 7D的图像传感器加大了红外线过滤功能，优化了降低伪色彩和摩尔纹的低通滤镜，并将把透镜间的距离尽力缩小，因而获得了毫无妥协的动态范围以及和像素成正比的信息量。

3 / 双Digic4处理器

佳能EOS 7D是第一款引入"双核"处理器的数码单反相机。佳能EOS 7D搭载了两块高性能Digic 4图像处理器。能够高速完成照片风格的色彩处理和自动亮度优化的层次处理等，是发挥约8张/秒高速连拍性能的关键。

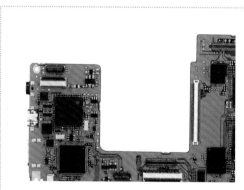

佳能EOS 7D拍摄图像均采用14bit进行转换，在相机内部进行高速处理时依然以14bit进行处理。即使用RAW格式拍摄，双Digic 4处理器也可以保证每秒8张的高速连拍。

佳能EOS 7D的感光度可以扩展到6400，但是画质仍然纯净、少噪点。自动高光效果也得到了提升。图像可以即时处理，用户完全不会感受到像素提升带来的速度缓冲。EOS 7D的CF卡插槽对应UDMA Mode 6标准，如果选择高速储存卡，连拍张数还会进一步提高。总之，图像处理电路的高速化使相机在处理照片时游刃有余，拍摄变得更加方便、快捷。

4 全新19点自动对焦系统

对于高像素且高速连拍的数码单反相机来说，对焦系统的准确性更加重要，即使轻微的失焦在高像素的显示下也会变得十分明显。EOS 7D搭载了多达19个点的自动对焦系统，并提升了每个对焦点的精度，并且强化了各对焦点之间的联动性。

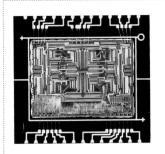

佳能EOS 7D搭载的19点自动对焦系统，均对应F5.6光圈的十字型自动对焦感应器，而中央对焦点斜向配置了对应F2.8光速的十字型感应器。

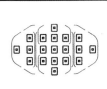

佳能EOS 7D的全新对焦系统，完全保证在任何苛刻环境下完成拍摄。不论是专业摄影师还是摄影爱好者，都可以得到满意的图像。

5 / iFCL智能综合测光系统

决定曝光的工作在实际应用中很复杂并且很难量化。EOS 7D的"63区双层测光感应器"能够迅速对应因场景变换而带来的色彩和亮度的变换，并与19个自动对焦联动，快速确认拍摄主体，更准确的合焦。

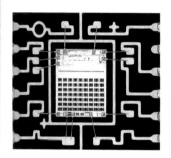

63区双层测光感应器不仅是对亮度，还会对色彩进行测光，并对19个自动对焦点的对焦信息加以利用，以决定最后的曝光值。

由于加入了距离信息的识别，这个测光系统能够通过镜头的距离信息，以先进的演算法来决定曝光值，并判断使用闪光灯时的闪光量，让曝光值更加准确。

EOS 7D的新功能iFCL（i=Intelligent智能、F=Focus对焦信息、C=Color色彩信息、L=Luminance亮度信息）智能综合测光系统则从两个方向决定合适的曝光。全新开发的双层测光感应器具有红光~绿光感应层和绿光~蓝光感应层，能够判断被拍摄大体上是什么颜色，这样测光工作就能不受被拍摄体颜色的迷惑而正确进行。

6 / 专业级机身及15万次快门寿命

　　佳能EOS 7D作为一部专业级的相机，机身的强度及机身的设计都十分重要。在强度方面，机身外壳采用了重量轻、高强度的铝镁合金材料。机身表面涂层采用了与EOS-1D系列相同的高耐久性亚光防划涂层，即使长期摩擦也不会被磨光，保证了相机能够长期具有高品位的质感。EOS 7D机身还具有防水滴、防尘构造，机身各部位之间的接缝也更加紧密，电池盒、储存卡插槽盖的开合部件以及各操作按钮周围等都采用了密封部件，以防止水和杂物侵入相机可动部位。

为了达到专业用户的要求，EOS 7D的机身除了造型采用了连续曲面的超流线型设计。机身外壳采用了重量轻，高刚性且具有电磁屏蔽效果的镁合金材料，接缝也采用流线造型处理。

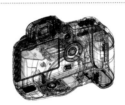

EOS 7D进一步增强了防水、防尘性能，电池盒、记忆卡插槽盖的开合部位以及各操作按钮周围等都采用了密封零件（红色部分）。拨盘旋转轴以及手柄饰皮的贴合构造（绿色部分）也更加完善。EOS 7D的防水、防尘性能可媲美EOS-1D等级。

佳能EOS 7D的机身设计采用了"超流线型设计"，展现了新一代EOS单反相机的发展趋势。整个机身采用球面塑型这一独特的手法，由曲面衔接而成。EOS 7D的造型不仅新颖，而且有很高的实用性。

佳能EOS 7D的快门使用寿命高达约15万次。EOS 7D的快门组件使用非接触式的旋转电磁方式，快门单元构造独特，没有物理上的接触面，很好地避免了由于灰尘和油污的吸附引起的动作故障以及精度降低。反光镜和快门有独立的马达高速驱动，同时机身内部还配有迅速吸收反光镜反弹的制动装置，确保了反光镜震动轻微，且可以缩短取景器内部图像消失的时间。

7 实时显示，电子水平仪

佳能EOS 7D采用了新型的实时显示拍摄功能。实时取景显示功能与光学取景器不同，因为能够直接观看图像感应器捕捉到的图像，并进行图像处理，所以可以在拍摄时对曝光、白平衡、自动亮度优化和照片风格等效果进行实时确认。

**可视性大幅提高的
新型清晰显示液晶监视器Ⅱ型**

外部光线　外部光线　防反射涂层
反射光　反射光　树脂层
光学弹性材料　强化玻璃　空气层
液晶面板　液晶面板
清晰显示液晶监视器
清晰显示液晶监视器Ⅱ型

EOS 7D机背上LCD显示器具有比之前机型更好的观察性，可使用放大显示，以清晰的画面进行高精度对焦。用户能够享受到使用光学取景器进行照片拍摄所不能体验到的，千变万化的图像表现。

EOS 7D可在即时显示拍摄时，边观看液晶荧幕显示的图像边即时确认主要拍摄功能设置的效果。而无法进行曝光模拟的ISO感光度、自动对焦模式、画质和驱动模式等可通过拍摄画面直接进行设置，而不必频繁调出选择菜单画面更改设置。

佳能EOS 7D搭载了具有宽广视角的"3.0"清晰显示液晶监视器Ⅱ型液晶屏，分辨率约92万点，可视性很高，可以清楚地确认画面细节，因此完全可以依靠背面的液晶监视器进行拍摄。此外，为了保证野外拍摄时画面的可视性，采用了抑制液晶屏反射的新型构造，因此可以保证舒适的可视性实时显示拍摄和短片拍摄。

在使用EOS 7D实时取景拍摄时，液晶显视器上可以显示网格线和三维电子水平仪等，所以可以在按下快门按钮前确认严密的构图等。另外，实时显示取景可以在构图很重要的风光摄影以及光学取景器难以胜任的低角度和高角度拍摄中发挥作用。

8 / 高扩充性

多功能的EOS智能综合闪光系统

佳能EOS 7D不仅支持佳能Speedlite系列闪灯，在EOS 7D中佳能载入了"EOS智能综合闪光系统"佳能首次实现了使用内置闪光灯为主控制单元，进行多闪光灯无线控制。

此外，对于多闪光灯的控制操作也更加视觉化，通过相机的菜单可以精准控制每一个闪光灯，让整个过程变得更加快速简单。

在EOS的DSLR系统内，首创以内闪来控制离机外闪功能，让使用者可以方便享受外闪离机闪光的乐趣，不必再添加其它连接设备。

无线数据传输器WFT-E5C

与EOS 7D一起开发的无线数据传输器WFT-E5C，可以通过有线或者无线网络向计算机传输拍摄的图像数据。WFT-E5C无线支持IEEE802.11b/g/a规格，有线支持IEEE802.3u规格。此外还备有USB端口，可以通过USB线连接GPS设备，还能使用USB的蓝牙适配器用无线连接GPS设备。WFT-E5C为了使用这些功能，使用了与相机相同的电池LP-E6。其电力不会供给相机，而是为WFT本身的运作和USB等连接的设备所使用，所以即使将WFT安装到相机机身上，相机的可拍摄张数也不会增加。

专业电池盒兼竖拍手柄BG-E7

　　佳能为EOS 7D设计了全新的手柄BG-E7。它可以同时安装两块LP-E6电池，也可以在紧急情况下，使用单独电池支架安装5号电池。

　　BG-E7为了方便竖拍而设计，手柄上配置了快没按钮、主播盘和自动对焦选择/放大按钮，可以在使用手柄竖拍时快速通过手柄完成相应操作，与水平拍摄时机身按钮一致。

BG-E7是为EOS 7D设计的把手，使用两只可充电锂电池LP-E6，并附有自动曝光锁、对焦选择按钮等，方便竖拍控制。

遥控器RC-1、RC-5

　　当拍摄时不方便亲自按快门来拍摄，例如拍摄合影时，可以使用遥控器来控制快门。佳能EOS 7D具有无线遥控拍摄功能，可以使用遥控器RC-1或RC-5，进行无线拍摄。遥控器RC-1能够在距相机约5米的距离内对快门进行操作，能够选择即时释放快门或延迟2秒后再释放快门两种模式。

　　使用RC-5也能够在距相机5米的距离内，对快门进行操作。与RC-1不同的是，RC-5只对应2秒后释放快门。在拍摄集体合影或者拍摄夜景时，可以避免按快门时的机身抖动造成画面质量的下降。

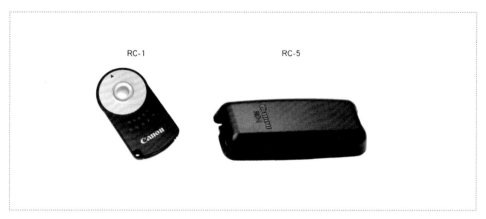

RC-1　　　　　　　　　　RC-5

第二章

EOS 7D
机身外观解析

正面

快门按键

快门按键分两段设计，半按快门时可进行自动对焦和测光，保持半按快门状态可以锁定AF和AE，全部按下可以进行拍摄。

遥控接收器

EOS 7D可以使用原厂的RC-1或者RC-5遥控器进行遥控拍摄，方便自拍或者特殊拍摄时使用。

DC直流电源线拉出处

可选配直流电变压器组ACK-E6，当使用连线拍摄时较为耗电，建议选购，以方便长时间拍摄需要。

在拍指示灯/红眼修正

使用自拍器时会随着倒数闪亮以警示时间。亦兼作为红眼减轻用，当启动防红眼闪光灯时会闪亮。

手柄（电池盒）

EOS 7D使用的电池为LP-E6，与EOS 50D的BP511A不同，在大约同样的体积下，容量高达1800mAh。

内置闪光灯/AF辅助光

按下位于机身侧面的闪光灯启动按键，以便将内置闪光灯弹起，进入闪光灯的待命状态，拍摄时照明我们的被摄体。本内置闪光灯也用来在光线不足的地方辅助对焦。

EF系列镜头安装对准点

EF镜头同时可以适用全画幅机型及EOS 7D。将镜头的红点对准机身上的红点，以顺时针方向将镜头完全安装上去。

EF-S系列镜头安装对准点

ES-S镜头只可以使用在APS-C画幅机型（如EOS 7D），将镜头的白点对准机身上的白点，然后顺时针方向将镜头完全安装上去。

麦克风

拍摄视频短片时，由此收音，属于单声道麦克风。如果需要录制立体声，可安装另外的端子进行立体声录音。

镜头释放按键

按住按键后将镜头旋转，以便取下镜头。

反光板

DSLR是借助反光板的反射，使我们可以从取景框中进行取景和拍摄。半透的反光板将大部分影像向上反射到五棱镜中，使用者可以看到影像；另一部分影像则透过反光板中间半透明的特殊构造，进入相机的自动对焦机构，让相机能进行自动对焦工作。如果要清洁CMOS，必须进入菜单进行设定，将反光板抬起后，才可以进行。

镜头卡口

安装镜头时，务必听到"喀"的一声，才表示镜头已经锁住。

景深预览按键

想要预先了解拍摄照片的景深状况，可以按下本按键，机身会将镜头的光圈缩小到你设置的光圈数值，此时如果从取景框看出去，画面也许会变暗，但是可以看到景深的大致情况，这项功能在微距拍摄时十分有用。

背面

RAW+JPEG/直接打印

如当前的记录画质为JPEG，可按下
本按钮以同时拍摄一张RAW格式文
档；如果当前记录画质为RAW格式
文档，按下此按钮也可以拍摄一张
JPEG影像。直接打印功能，则先将
机身连接到支持PictBridge的打印
机，在按下本键后可以开始打印。

扬声器

直接在机身上
播放影片时，
由此处发声。

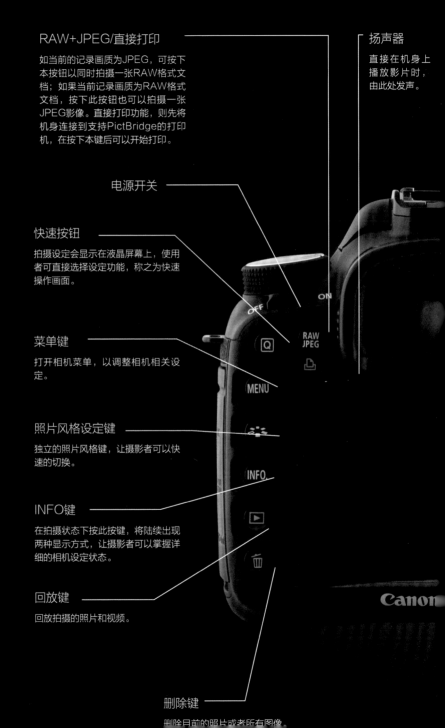

电源开关

快速按钮

拍摄设定会显示在液晶屏幕上，使用
者可直接选择设定功能，称之为快速
操作画面。

菜单键

打开相机菜单，以调整相机相关设
定。

照片风格设定键

独立的照片风格键，让摄影者可以快
速的切换。

INFO键

在拍摄状态下按此按键，将陆续出现
两种显示方式，让摄影者可以掌握详
细的相机设定状态。

回放键

回放拍摄的照片和视频。

删除键

删除目前的照片或者所有图像

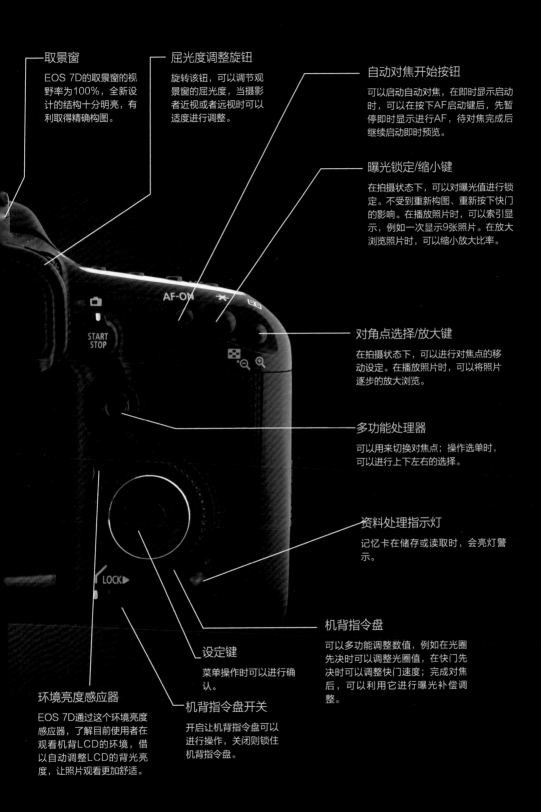

取景窗

EOS 7D的取景窗的视野率为100%，全新设计的结构十分明亮，有利取得精确构图。

屈光度调整旋钮

旋转该钮，可以调节观景窗的屈光度，当摄影者近视或者远视时可以适度进行调整。

自动对焦开始按钮

可以启动自动对焦，在即时显示启动时，可以在按下AF启动键后，先暂停即时显示进行AF，待对焦完成后继续启动即时预览。

曝光锁定/缩小键

在拍摄状态下，可以对曝光值进行锁定。不受到重新构图、重新按下快门的影响。在播放照片时，可以索引显示，例如一次显示9张照片。在放大浏览照片时，可以缩小放大比率。

对角点选择/放大键

在拍摄状态下，可以进行对焦点的移动设定。在播放照片时，可以将照片逐步的放大浏览。

多功能处理器

可以用来切换对焦点；操作选单时，可以进行上下左右的选择。

资料处理指示灯

记忆卡在储存或读取时，会亮灯警示。

机背指令盘

可以多功能调整数值，例如在光圈先决时可以调整光圈值，在快门先决时可以调整快门速度；完成对焦后，可以利用它进行曝光补偿调整。

设定键

菜单操作时可以进行确认。

环境亮度感应器

EOS 7D通过这个环境亮度感应器，了解目前使用者在观看机背LCD的环境，借以自动调整LCD的背光亮度，让照片观看更加舒适。

机背指令盘开关

开启让机背指令盘可以进行操作，关闭则锁住机背指令盘。

上面

A 测光模式/白平衡键
以主控制转盘调整测光模式，以机背指令盘调整白平衡模式。

B AF模式/驱动模式键
以主控制拨盘调整AF模式，以机背指令转盘调整驱动模式。

C ISO调整/闪光灯曝光补偿键
以主控制拨盘调整ISO值，以机背指令盘调整闪光灯曝光补偿。

D 照明键
开启机顶液晶屏幕的背光灯，方便在黑暗中操作及看清楚拍摄信息资料。

主控拨轮
可以多功能调数值，如在光优先模式中调光圈，在快门先模式时可以整快门速度。

背带环

拍摄模式转盘
EOS 7D用户设定C1/C2/C3三个自设模式，以及创造性自动模式（CA）。

热靴
热靴最主要的用途是来安装外接闪光灯，例如佳能580EX II、430EX II等，亦可用来安装各种特殊配件。

机顶信息显示屏

焦平面标记
CMOS感光元件位置表示。

底部

三脚架接口

电池仓

側面

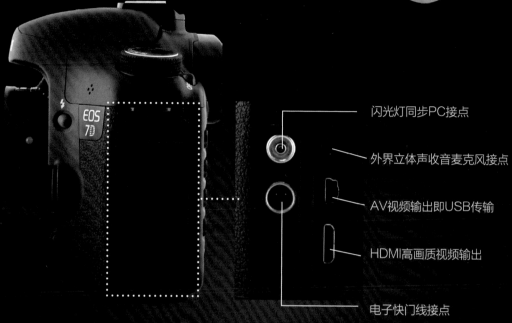

闪光灯同步PC接点

外界立体声收音麦克风接点

AV视频输出即USB传输

HDMI高画质视频输出

电子快门线接点

第三章

EOS 7D
快速入门

自动对焦以及对焦点选择

全新的19点十字型自动对焦系统

佳能EOS 7D搭载的全新开发的19点自动对焦系统。全新的19个自动对焦点全部配备了对应F5.6光束的十字型自动对焦感应器。使用频率较高的中央对焦点还具备对应F2.8光束的十字型感应器，实现了自动对焦感应器双重配置。它利用2种十字型感应器的信息提高对焦精度。而且中央处上、中、下3个对焦点用于检测横向线条的感应器成两列交错排列以减小对焦时的偏差。由于采用了交错排列的方式，所以相隔1/2个单位距离的两列感应器会同时针对自动对焦感应器1个像素大小进行测距，实现高精度的对焦。

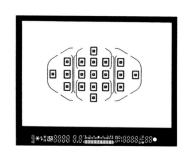

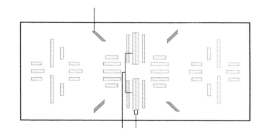

由用户自行选择自动对焦点

除了自动对焦系统全部配置了十字型自动对焦感应器之外，佳能EOS 7D的另外一个显著特征就是有丰富的自动对焦区域选择模式、分别是19点自动对焦自动选择、单点自动对焦、区域自动对焦、定点自动对焦、自动对焦点扩展5种对焦模式。这5种对焦模式即可以应用全部19个点进行自动对焦，还可以使用单独的对焦点进行对焦提高对焦精度，让相机使用起来更为容易，还可以巧妙地将各个对角点组合起来，让拍摄者可以用"面"的感觉去捕捉焦点。

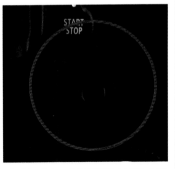

对焦点选择：先按下对焦点选则钮，由观景窗内或机背上可以看到19个对焦点都被启动了，此时利用机背上的多功能选择器来选择我们要的单一对焦点。

1. 19点自动对焦选择

在未对对焦系统做特别的设置时，佳能EOS 7D会自动在对焦时在19个对角点中选择合适的对角点，进行自动对焦。这种对焦方式比较适合拍摄街头特写或者记录性摄影。自动选择对角点对焦也是EOS 7D全自动CA模式下的标准对焦方式。

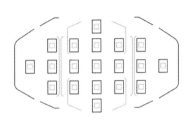

▼ 19点自动对焦选择示意图

特点：相机利用全部19个自动对焦点检验出被摄体的焦点。在被摄体运动不规则，无法预测时选择该模式较为有效。人工智能伺服自动对焦时使用该模式还可以显示出追踪被拍摄体的情况。

2. 单点自动对焦

在单点自动对焦模式下，使用者可从19个自动对焦点中的任意选择1点进行自动对焦，这与先前所有的EOS数码单反相机的对焦模式是一致的。此模式适用于一般静态的拍摄题材，如人文、风景及小品摄影等。

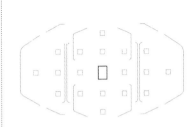

▼ 单点自动对焦示意图

特点：从19点自动对焦中手动选择1点进行自动对焦。一般用于构图优先的拍摄场合，还可以用于想限定合焦位置的情况。

3. 定点自动对焦

　　在自动对焦点的选择方法和用途上与"单点自动对焦"相同，但由于其自动对焦范围比单点自动对焦更小，因此能够更精确的合焦。当希望合焦于被摄体上某一特定部位（如眼睛）时，无疑是很有效的自动对焦区域选择模式。

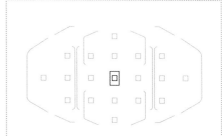

▼ 定点自动对焦示意图

特点：从19个自动对焦点中手动选择1点进行自动对焦。适合进行比单点自动对焦范围更小的对焦以及构图时远处和近处物体几乎重合的情况。

4. 区域自动对焦

　　区域自动对焦模式是将19个对角点分成5个区域，再从其中选择任意一个对焦区域，以该区域内的自动对焦点自动监测出被摄体进行自动对焦。当希望准确捕捉剧烈运动的被拍摄体并要优先考虑构图的情况下可以使用该对焦模式。

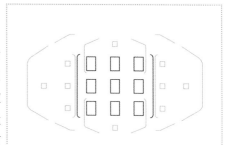

▼ 区域自动对焦示意图

特点：将19个自动对焦点分成5个区域，再从中选择任意一个对焦区域进行对焦。

5. 自动对焦点扩展

　　自动对焦点扩展模式是指当被拍摄体因运动偏离手动对焦选择的19个对焦点中的1个时，会自动启动所选择对角点上、下、左、右相邻的对焦点进行辅助对焦。

　　该种对焦方式适用于捕捉处于运动中的物体。当单点自动对焦难以追踪时，运用上、下、左、右相邻的对焦点，可以快速合焦，不会因为对焦而错过最佳拍摄时机。

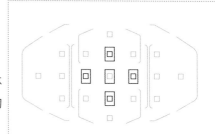

▼ 自动对焦扩展示意图

特点：使用手动对焦选定的自动对焦点和相邻的自动对焦点进行对焦。在使用单点自动对焦对被摄体进行追踪难以保证构图时，可以使用该模式拍摄。

EOS 7D的自动对焦扩展功能

　　EOS 7D进化的对焦功能不仅有点、区域等不同对焦选择模式，还有更符合实际需求的自动对焦扩展功能，让EOS 7D的对焦性能更加强化。

　　在使用佳能 EOS 7D时可以改变分配给个操作按钮的功能，让自动对焦操作使用起来更加得心应手。可以进行和自动对焦有关的设置操作部件有7个，可以通过它们变更自动对焦的操作步骤以及设置对焦动作特性。选择功能分配给哪一个按钮是用户的自由。在这里推荐用户在考虑默认设置的使用频率后更改设置。"单次自动对焦"，"人工智能伺服自动对焦"和"切换到已注册自动对焦功能"等功能的可以设置性，让拍摄操作发生翻天覆地的变化，是划时代的功能。

- 佳能EOS 7D
- EF24-70mm f/2.8L USM
- ISO 200，f/5，1/60s，64mm

1、半按快门按钮→测光和自动对焦启动
2、AF-ON（自动对焦启动）按钮→测光和自动对焦启动/停止自动对焦
3、自动曝光锁按钮→测光和自动对焦启动/停止自动对焦
4、景深预视按钮←—停止自动对焦/单次自动对焦·人工智能伺服对焦←—自动对焦/切换到已注册自动对焦功能
5、镜头上的自动对焦停止按钮→停止自动对焦/测光和自动对焦启动/单次自动对焦 →人工智能伺服自动对焦/切换到已注册自动对焦功能
6、速控转盘→直接选择自动对焦点
7、多功能控制钮→直接选择自动对焦点

与方向链接的自动对焦点

　　用户在使用EOS 7D进行拍摄时，可以分开设定横构图和竖构图时所要使用的自动对焦区域模式和对焦点。例如，不论在横构图拍摄还是竖构图拍摄时，都希望以最右边的对焦（区域）点进行拍摄。

　　此功能可以对相机在竖拍和横拍时的自动对焦区域选择模式和自动对焦点位置进行记忆。设置为"选择不同的自动对焦点"后，可注册的相机姿态有：水平、垂直且相机手柄在顶端和垂直且相机手柄在底部。相机对各姿态下自动对焦区域选择模式和自动对焦点的最后状态进行记忆后，拍摄中更改相机姿态时就不用重新设置自动对焦区域选择模式和自动对焦点。可根据被拍摄体性质事先决定自动对焦的开始位置，拍摄时做出迅速反应。

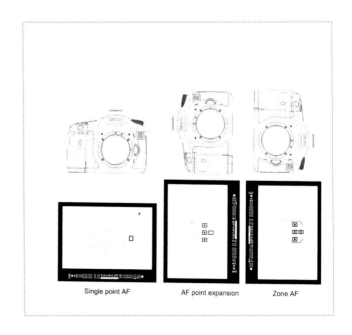

Single point AF　　　　AF point expansion　　　　Zone AF

设置

　　C.Fn Ⅲ-12中选定"选择不同的自动对焦点"之后，为相机每个方向选择并设定自动对焦选择模式以及自动对焦点。相机方向有：水平、垂直且相机手柄在顶端和垂直且相机手柄在底部。设定后，相机会自动感应出当前姿态，在各个姿态下被选择的自动对焦区域选择模式和自动对焦点会自动被记忆。

预设对焦功能——把握瞬间快门机会

用户在使用EOS 7D拍摄时，可以根据需要（例如体育比赛），事先将一个对焦点设定，一旦精彩瞬间出现，可以按下对焦切换键，将焦点切换到事先预设好的对角点上，按下快门记录精彩瞬间。这一功能便是佳能EOS 7D特有的"切换到已注册自动对焦功能"，可以预先将不同的设置注册成一组，在需要时将其一起切换出来。

"切换到已注册自动对焦功能"可以被分配给景深预视按钮和镜头上的自动对焦停止按钮。通过预先设置这一功能，可以瞬间改变自动对焦区域选择模式或者详细设置人工智能伺服自动对焦参数，根据被摄体的性质使用相对应的设置。它还适合拍体育比赛等动作不规律的场景或者轨迹特殊的运动体。当然分别对自动对焦参数进行个别设置可以达到同样的效果。但是这个功能的关键点就是在于一次注册多种功能参数，只需按下一个按钮就可以使用它们，以迅速应对拍摄。这个方法比起进入菜单一项项进行设置更省时省力，能让拍摄过程更加舒适。

设置：

按机背上的[Menu]键，进入自定义功能选择菜单中的C.Fn IV-1"自动以控制按钮"，按下"Set"键，并转动转盘选择到"切换至已注册自动对焦功能"选项，再次按下"Set"键进行设置。

具体操作设置如下：

1、选择"切换到已注册自动对焦功能"

在这里以景深预视按钮为例解说设置步骤（也可以在超远望镜头上的自动对焦停止按钮上进行设置和操作）。按下INFO.（信息）按钮可以注册自动对焦功能的设置。

2、设置自动对焦区域选择模式

选择想注册的自动对焦区域选择模式。即使相机在使用别的模式拍摄，只需按下此按钮就可以切换到在这里注册过的模式。

3、人工智能伺服追踪灵敏度

可以决定相机如何处理人工智能伺服自动对焦时从被摄体前穿过的物体。当设置为"慢"侧时，由障碍物造成的干扰影响将相对较小。

4、人工智能伺服第一/第二幅图像优先

决定人工智能伺服自动对焦在拍摄第一张以及之后的动作。这一设置对于运动场景等从开始就要连拍的拍摄情况很有效。

5、人工智能伺服自动对焦追踪方式

可以决定当有物体进入相机正在追逐的拍摄体前方时，相机的处理方式。选择"连续自动对焦追踪优先"时，相机会无视前方的无关物体而一直追踪被摄体。

自动对焦模式攻略——三种对焦模式的选择要领

如何切换对焦模式

要在拍摄时切换对焦模式，请按下机身顶部的"AF·DRIVE"键，通过转动机身主播盘进行对焦模式切换：ONE SHOT、AI SERVO和AI FOCUS。下面，我们来了解这三种对焦模式和运作概念，搭配正确的使用方式，才能发挥最精准的对焦效果。

ONE SHOT单独对焦模式

单独对焦模式是最常使用的对焦模式，适用于被拍摄主体处于静止的情况，例如风光拍摄、人像摄影、生活记录或者建筑摄影等。在使用该模式时，需半按快门，相机会驱动镜头自动对焦，完成合焦后，可以在取景框内看到准确的合焦图像并听到合焦提示音。合焦后焦距不会再发生改变。

AI SERVO人工智能伺服对焦模式：

人工智能伺服对焦模式主要用于拍摄行进间的运用物体，如汽车、飞机等。选择此种相机会根据所选择的对焦点，连续进行对焦动作，此时的对焦是持续的，因此没有所谓的锁定焦距，对焦完成也不会有任何合焦提示音。

AI FOCUS人工智能对焦模式：

人工智能对焦模式：此模式会根据被拍摄物体的运动，自动切换单独对焦或连续对焦方式。适用于拍摄主体处于静止，但不确定何时会开始运动的主体，例如儿童、动物等。

自动对焦中自定义功能设定

图1 C.Fn Ⅲ-1人工智能伺服追踪灵敏度

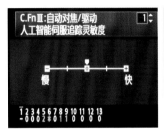

进行追踪的自动对焦灵敏度设定为5个级别中的一级。设定越偏向"慢",受障碍物干扰的程度越低。设定越偏向"快",将越易于对任何突然从周围进入画面的主题进行对焦。

图2 C.Fn Ⅲ-2人工智能伺服自动对焦追踪方式

如果是横向追踪对焦、或是经常有障碍物出现在拍摄者与主体间,建议设置为1连续自动对焦追踪优先。任何出现于画面中的近距离主题均被当作障碍物而忽略,因此可继续追踪目标主体。

图3 C.Fn Ⅲ-3人工智能伺服第1/第2幅影像优先

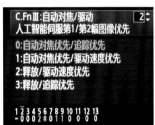

在人工智能伺服自动对焦以及连续拍摄模式中,拍摄着可以变更伺服操作特性以及快门释放时滞,以准确度为主的拍摄方式。以准确度为主的拍摄方式,可以选择0、1等其中一项,如果是拍摄以动作时间点为主的拍摄方式,请选择2或3。

图4 C.Fn Ⅲ-4自动对焦失效时的镜头驱动

当自动对焦测距无法完成时,要让镜头继续搜索对焦动作或停止。当使用超远望镜头是,为了避免主体一离开对焦点就幅度的前后寻焦,可以改成设定:1。

图5 C.Fn Ⅲ-5自动对焦微调

从佳能EOS 1D MarkⅢ开始的自动对焦微调设置,目前除了EOS 50D以及5D MarkⅡ之外,EOS 7D也加入了这项功能,让使用者可以选择所有镜头统一调整或者按个别镜头调整。

图6 C.Fn Ⅲ-6选择自动对焦区域选择模式

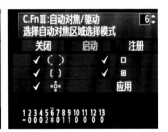

除了内定的三种对焦区域模式之外,如果需要在拍摄时启动扩展对焦模式,请在此项开启,便能选用"定点自动对焦(手动选择对焦点)",它适用于精确对焦;"自动对焦扩展(手动选择对焦点)",适用于构图优先拍摄方式。

图7 C.Fn Ⅲ-7手动自动对焦点选择方式

手动选择自动对焦点时，选择可在外边缘停止或继续选择对面的自动对焦点。除19点自动对焦选择以及区域自动对焦模式外，此功能对多有自动对焦区域选择模式均有效。经常使用边缘处对焦点可设置为"0"，一般使用者设置为"1"。

图8 C.Fn Ⅲ-8取景器显示信息照明

取景器中的对焦点、网格线等会照亮为红色。0位自动在低光照条件下取景器照明会自动开启。1为启动，无论四周亮度如何都回开启取景器照明。2是关闭，当夜晚拍摄时或看者看不清网格线辅助时，可设置"1"，一般情况请设置为"2"。

图9 C.Fn Ⅲ-9显示全部自动对焦点

0位关闭，选择自动对焦点是会显示所有自动对焦点。拍摄时会显示有效的自动对焦点。1为启动，与选择自动对焦点时相同，拍摄时会显示所有自动对焦点。一般建议设置为"0"，取景框看着比较清晰。

图10 C.Fn Ⅲ-10人工智能伺服/手动对焦时的合焦显示

设置为0时为"启动"，1时为"关闭"。取景框中的对焦相关指示，在追焦或者是手动对焦成功时，对焦的自动对焦点对焦确认指示会与自动对焦时相同。一般建议设为"0"。

图11 C.Fn Ⅲ-11自动对焦辅助光闪光

自动对焦辅助光是否闪光。EOS 7D可以内闪或者外闪来进行自动对焦辅助光，当在不适合发出闪光的室内环境拍摄时，最好将此功能关闭，以免影响其他人。

图12 C.Fn Ⅲ-12与方向链接的自动对焦点

使用者可谓水平和垂直分布设定自动对焦区域选择模式以及手动选择的自动对焦点（或区域自动对焦模式中选择的区域）。0：水平/垂直都相同；1：选择不同的自动对焦点。

液晶屏回放照片和实时取景

液晶屏回放照片和实时取景

佳能EOS 7D的机身液晶屏继承了佳能EOS 5D Mark II，可以判断环境光线强度，自动调整LCD背光的强度。此外，利用LCD上的显示信息，可以对拍摄的图片色彩、曝光等参数迅速做出判断。

拍完照片后，按机背"回放键"，请先通过液晶屏信息显示功能为我们解析照片的内容。

回放照片

图1

按下机身背面回放键，转动机身背后播盘回放拍摄的照片。

图2

高光警告：开启此功能时，画面中曝光过度的区域会不停闪动。

图3

按下机身背面的INFO键，显示基本拍摄资料。

图4

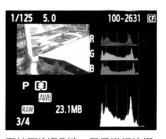

再按下INFO键，显示详细拍摄资料。

利用直方图解读照片曝光

如果单从LCD显示的照片来判断该照片的曝光程度，有时仍不容易确定照片的是否准确。而专业用户在照片拍摄完成后则运用相机显示的直方图来协助判断照片的曝光情况。直方图的X轴代表图像的暗部到亮部的变化过渡；Y轴代表像素的数量，中间高度起伏如山脉状曲线代表本张照片从纯黑最暗部到纯白最亮部之间各个色阶像素数量分布的情况。

在回放拍摄照片判断曝光是否正确时，可以按下"info"键打开直方图来对照片曝光进行观察。

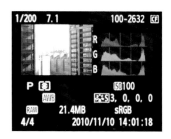

- 佳能EOS 7D
- EF17-55mm f/2.8 USM IS
- ISO 100，f/5.6，1/80s，50mm

强化的Live View实时取景模式，附加电子水平仪

　　当今数码单反相机的发展趋势，便是"实时显示功能"与"短片拍摄功能"。佳能EOS 7D借助机身背面3英寸液晶屏即时查看拍摄场景，可以大幅提高拍摄的机动性与各种高低角度拍摄。

　　在实时取景模式下，可以按下机身背面上的放大影像按钮将影像中央放大到5倍或者10倍以上进行手动对焦参考。不过在此时是无法实现自动对焦的，需要在选择功能中设定后，可以在按下AF启动按键后，先暂停即时预览进行自动对焦，待对焦完成后继续使用即时预览。

　　佳能EOS 7D一共有三种实时取景模式可以选择，分别是即时模式、面部优先和快速模式。

如何切换以及使用实用即使显示

1.请按下"MENU"进入机身内菜单，选择自动对焦模式向下的"即时模式"。

2.先将即时显示/短片拍摄开关向右旋转至即时显示模式的选项。

3.按下中央的"Start/Stop"按钮，即可进入或离开实时拍摄状态。

4.在确认对焦准确及画面曝光无误后，按下快门按钮进行拍摄。

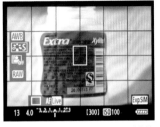

5.将画面中的对焦方块对准被拍摄主体，并半按机身上的快门按钮进行对焦，合焦时框会变绿。

三种Live View实时取景模式的使用时机和特点

快速模式

快速模式使用的是机身原有的对焦系统，当对焦是设定在单次自动对焦模式时，与使用光学取景器时对焦动作是相同的，使用时也可以选择对焦区域中的某一个来进行快速对焦，以为用的是原有的对焦系统，所以在自动对焦操作期间，即时显示图像将被中断。

实时模式

实时取景模式所使用的对焦原件是相机CMOS传感器本身。他的特点是在对焦时即时显示画面，不会出现中断的情况，但自动对焦操作比快速模式需要时间更长。此外，实时模式在合焦速度相对于快速模式下合焦速度要慢，所以在拍摄时尽量选择简单的拍摄题材或者拍摄主体反差鲜明的场景。

面部优先模式

面部优先模式的对焦原理和实时取景模式是相同的，但多了由相机自动检测被拍摄者面部并以面部为对焦区域进行对焦，因此在使用本模式时，需要被拍摄者面部对准相机。在本模式下，相机最多可以同时识别354张面孔；当被拍摄者面部处于侧脸时有可能无法识别。本模式非常适合纪念性质的合影，同时增加了拍摄的趣味。

特别运用：在Live View实时取景模式下使用电子水平仪

佳能EOS 7D首次在实时取景模式下添加了电子水平仪，为拍摄者提供更多的便利性。电子水平仪可以以最小1度的单位来显示相机在水平和垂直的倾斜状况。配合实时取景功能，应付微光、晨昏的拍摄状况时比外部水平仪更好使用。

如何在实时取景模式下启动电子水平仪

图1和图2：请先启动电子水平仪显示功能，按下"MENU"进入机身选单，选择"INFO.按钮显示选项"并购选"电子水平仪"。

图3：实时取景显示状态下，按下机身背面的INFO键，即可显示电子水平仪。

双轴电子水平仪的使用

图1 电子水平仪

水平红或绿线代表左右水平情形，
纵向排列的白色横线代表纵向的倾
斜状况。

图3 相机先后倾斜，左右水平

图2 相机左右以及前后都倾斜

图4相机前后及左右都已水平

Live View实时取景：5 招拍出实时取景的精髓

即时显示拍摄让许多由一般的家用数码相机使用者对于数码单反相机不再有隔阂感，同样，实时取景功能也改变了专业摄影者拍照的习惯并利用实时取景功能拍出特别视角和构图。此外，对于使用手动镜头或者转接其他镜头的拍摄者，可以放大视图，让对焦可以十分精确。

1. 超高角度拍摄：跨越障碍

适合越过阻碍物拍摄主题，比如高举相机越过层层的人群，拍摄街头表现人士、展会等题材。

2. 眼平高度构图：追踪摄影

适合一般的拍摄主题，例如追踪摄影，可以顺畅的构图，同样以余光观察四周的变化。

3. 腰平高度：人文与生活

　　把相机放置在与腰高的位置，适合街头速写，可以在不引起他人注目的情况下拍摄人文纪实类照片。

4. 膝平高度：小朋友的世界

　　此视角适合拍摄小朋友、宠物或者花卉题材照片。这个角度拍摄是传统摄影中比较难以拍摄的角度，而实时取景功能可以让拍摄者免去匍匐拍摄之苦，同样得到低视角照片。

5. 手动对焦精准构图

图1 请将镜头切换至手动对焦方式（MF）。

图2 将实时取景/高清短片拍摄开关向右播至实时取景选项上。

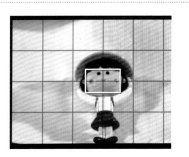

图3 利用多功能控制器可以移动对焦框在拍摄主体上。

图4 按放大图像按钮，可以切换原始尺寸、5倍以及10倍不同倍率查看图像。

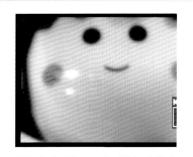

图5 转动对焦环，让对焦框内的主体达到清晰位置。

图6 按下快门按钮完成拍摄

使用EOS 7D拍摄高清短片

设定流程：

图1 入门拍摄，可以把拍摄模式设置为出M档以外的任何一档，建议由P档入门。

图2 将实时取景/高清短片拍摄开关向左拨至高清短片拍摄选项上。

图3 按下"START/STOP"键，开始录制高清视频，再次按该键停止视频录制。

让你的短片有MV级水准的5个要诀

1. 使用摄像专用云台和三脚架稳定构图

摄像用的专用云台和三脚架，可以很平稳的左右摇动以及上下俯仰，让拍摄画面更加平顺。在摇动时移动切记过快，要尽量放慢速度，才不会让影片转移过快，造成观者观赏时感觉不适。

2. 预留3秒的起止点

为了方便事后剪辑，在拍摄每段视频前后需要预留约3秒钟的时间。

3. 预先规划取景构图

在第一次拍摄视频时，往往没有头绪任意取景，如左右摇动或者忽东忽西的杂乱拍摄，拍摄的画面使观众难以理解拍摄重点，即使后期剪辑也会非常困难。拍摄前，可以先空机浏览一下拍摄的环境，找准拍摄的起点和终点。

4. 不要一镜到底

很多初学拍摄视频短片的用户，往往录制时间不够长，但实际上在录制每个场景时一个焦段拍摄到底，缺乏视角和焦距的变化。在拍摄时，要控制每段影片的录制时间，不要把EOS 7D当作监视摄像机，适时的停止并变换一下拍摄位置和构图。

5. 使用高速储存卡

为避免拍摄时造成停顿，如有拍摄的要求，请尽量使用高速度的储存卡（如SanDisk Extreme Pro）。使用低速卡时，请留意拍摄画面旁的摄影时间警示，指标越满代表写入储存卡的影片越多，表示储存卡速度足够保证视频录制。

测光与曝光补偿

要精巧掌握画面明暗色调之美，请与我们一起了解 4种测光模式的原理

　　佳能EOS 7D的4种测光模式，分别为63区分区全局测光模式、局部测光模式、点测光模式以及中央重点测光等四种测光模式。理解这四种测光模式的差异以及灵活运用它们，才能让你对于画面的曝光精确掌握，拍出色调和明暗层次的完美的照片。

如何切换测光模式

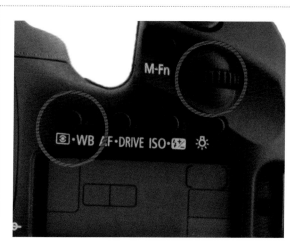

按下机身顶部的测光模式选择按钮，接着滚动主控制拨盘，便能以此按照顺序切换相机的测光模式，而图示所代表的测光方式请参照以下图列。

四种测光模式的解析

评价测光

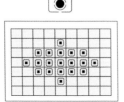

将画面分为63个等面积的小区域，经过对焦点各部敏感对比的加权计算，获得最佳的曝光值。平均测光方式适合大部分的顺光或侧光场景拍摄。

中央重点平均测光

在测光时加重中央部分范围，同时也考虑画面其他部分的曝光值。此测光模式适合拍摄太阳直射的场景，即使逆光也会因中央位置加重测光而获得满意的曝光值。

局部测光

以画面中心的9.4%面积为测光范围的局部测光模式，适合使用在生态摄影或人像摄影时，在拍摄这些场景时又必须以拍摄主题优先考虑。

点测光

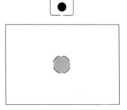

点测光仅计算画面中央约2.3%面积的曝光量，适合专业摄影师对于画面各部分曝光的精准测量。最常配合相机全手动模式使用。

风光照片这样拍摄：寻找画面中灰色部分，以点测光确定理想曝光值

测光系统是以中灰色为测光基准。当顺光拍摄时，任何一种测光模式都可以获得满意的测光结果。但是在逆光下拍摄时，可能需要点测光的测光方式拍摄，才能得到理想的曝光值。

测光时，先把测光模式切换至"点测光"方式，在寻找画面中中间色调位置，画面中红圈标注的位置，这些位置的色调比较接近中灰色阶，以此测光不需要设置曝光补偿，可以获取准确的测光值。

- 佳能EOS 7D
- EF16-35mm f/2.8 USM
- ISO 100，f/9.0，1/250s，19mm

使用曝光补偿方式控制相机的曝光系统

在使用相机的P、Tv和Av三种模式进行拍摄时，拍摄者可以运用曝光补偿功能来调整画面的明暗，从而达到准确的曝光。佳能EOS 7D的曝光补偿功能是由机背指令盘来进行调整。

具体操作方式如下：

首先半按快门按钮进行测光，在转动机身背面拨盘调整曝光补偿。在拨动机身背后拨轮，顺时针方向是正值补偿，让照片变亮；逆时针旋转为负值补偿，让照片变暗。曝光补偿的幅度最多达±5EV，微调幅度为1/3EV步进，补偿值的具体情况可以参照取景框里的曝光提示和机身顶部的LCD显示屏获得确认。

另外，EOS 7D曝光补偿范围虽然可以达到5EV，但在机顶显示屏和取景框中仅能显示3EV的范围，超过3EV补偿的范围，请利用包围曝光方式来完成。

利用曝光补偿拍摄逆光人像

在怎样的拍摄条件下会使用到曝光补偿呢？一般而言，在两种拍摄状况下需要使用曝光补偿进行拍摄：

一、因为环境光线以及光比造成相机对于测光进行误判，以至于曝光不足或者过曝，这时必须使用曝光补偿来纠正曝光以获取正确的曝光值。常见的逆光或者光比较大的环境中，需要对拍摄主体进行正值补偿；在拍摄主体处于深色环境时，容易造成拍摄过曝，这时必须通过负补偿，降低曝光。

二、相机对于环境测光以及曝光与肉眼所见的环境光线会有很大出入，这时使用曝光补偿可以很好的控制相机曝光，让成像更加完美。

- 佳能EOS 7D
- EF85mm f/1.2L USM
- ISO 400，f/1.6，1/60s，85mm

曝光锁定：确保曝光值与主体一致

当使用评价测光方式时，如果维持同时锁定焦距和曝光值，这时改变构图，测光的结果并不会因此而发生变化。

在使用时需要注意，如果使用的是局部测光、点测光和中央重点平均测光方式时，一定要执行曝光锁定，不然会出现构图改变而测光位置与预期不一样的情形。

使用时先将相机朝向被摄体，同时按下"曝光锁定钮"则在取景器中会出现"＊"符号，在六秒钟之内光圈和快门速度可维持不变，不受重新构图和按下快门的影响。

包围曝光：无法及时判断曝光值的技巧

一张照片拍摄的太亮或者太暗，虽然可以在后期处理时使用图像软件进行处理还原曝光，但是如果要获得完美的层次感和画面细节，还是需要在拍摄时将拍摄主体曝光正确。

受限制或时间紧迫，在面对逆光或者复杂环境时，如果无法确认曝光补偿值的情况下，可以采用包围曝光方式来拍摄，可以在拍摄完成后选择一张曝光准确的照片。

佳能EOS 7D的包围曝光设置十分容易。在拍摄选择菜单中，选择（曝光补偿/AEB），在设置菜单中，通过机身拨盘设置自动包围曝光数值，机背的大拨盘设置包围曝光的补偿量。

拍摄时，分别拍摄3张照片（例如单张拍摄，连续拍摄3张）便可以获得3张不同曝光量的照片。如果设定为自拍模式，则相机会自动连续拍摄3张照片。

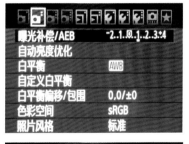

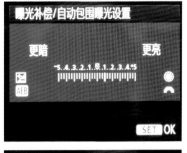

照片模式

用照片风格拍出自己的色彩风格

标准

中性

忠实

灰度

善用相片风格就能省去许多后期制作的时间。在拍摄风景照片时，选用"风景"照片风格可以强化蓝天绿地的效果，而影像也会更锐利，让整体的感觉更吸引观赏者的目光。

善用照片风格就能省去很多后期调整的时间。在拍摄风景照片时，选用"风景"照片风格可以强化蓝天和绿地效果，而照片也会得到相应的锐化，让画面整体更加吸引观赏者的目光。

如何设定照片风格

佳能DSLR具备独家的"照片风格"功能。选择不同的照片风格，如同选择不同的特性的软片，可以满足不同的色彩和拍摄环境的需要。除了预设的标准、人像、风景、中性、可靠设置和单色六种色彩之外，更有三种让用户自定义的照片风格。在自定义每种风格时，可以对图像的锐度、对比度、饱和度等参数进行精准调整，满足所需的摄影创意。

滤镜效果

在"照片风格"中，有非常趣味性的滤镜效果，隐藏在"单色"模式之内。

单色滤镜效果共有四种色调，分别为：黄、橙、红、绿。其应用与使用黑白色底片时一样，可通过有色滤镜滤掉特殊的颜色，而在黑白色调中产生出不同的色差。

彩色效果

单色、未套用滤镜

套用黄色滤镜的效果

套用橙色滤镜的效果

套用红色滤镜的效果

套用绿色滤镜的效果

通过网络下载更多的照片风格

- 佳能EOS 7D
- EF70-200mm f/4L IS USM
- ISO 100, f/4, 1/200s, 110mm

　　当相机内的照片风格不能满足拍摄者要求时, 可以到佳能官方的网站上下载多种不同风格的"照片风格"样式, 目前包括: Studio Portrait (影棚人像)、Nostalgia (怀旧照片)、Clear (清晰)、Twilight (晨昏)、Emerald (湛蓝)、Autumn Hues (秋色) 以及Snapshot Portrait (速写人像) 等照片风格下载。下载后通过USB数据线, 将下载的照片风格存储在机身内或者在DPP软件中, 载入下载的照片风格来处理RAW文件。

5 / 感光度

如何设置感光度

佳能EOS 7D的常设感光度范围为ISO 100——6400，并可以扩展到ISO 12800。DIGIC 4处理器将图像质量再度提升。许多人担心随着像素的提升使得图像画面的噪点也随之增加，在佳能研发团队的努力下，不仅在APS-C画幅的CMOS上集成了约1800万有效像素，而且得到了令人满意的高感光度画质表现。

如何设定感光度（ISO）？请看下图。

图1

ISO感光度的调整在机顶，按下后，再调整主命令拨盘改变感光度。

图2

C.Fn I:曝光
ISO感光度设置增量

0:1/3级
1:1级

1 2 3 4 5 6 7
0 0 1 0 0 0 0

ISO设定时的进阶调整，分为1/3级和1级，推荐1/3级调整，可以细化ISO。

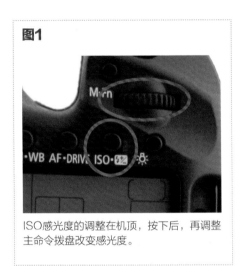

图3

C.Fn I:曝光
ISO感光度扩展

0:关
1:开

1 2 3 4 5 6 7
0 0 1 0 0 0 0

ISO扩展，在设定为"开"后，可将ISO扩展到12800。

感光度Q&A

Q：为什么我的EOS 7D感光度最低只能设置到ISO200，而说明书中所说的ISO100？

A：此时请检查高光色调优先功能是不是被开启了，可在C.Fn II-3中设定为"1：开启"。在"高光色调优先"被开启时，最低感光度仅可设定为ISO200。

Q：我在设定感光度时，有一个选项显示为"A"，他的作用是什么？

A：显示"A"表示相机的感光度被设置为了自动感光度。在自动感光度下，相机会自动依照现场的光线亮度、光圈以及快门速度，自动搭配适当的感光度、对于纪实性拍摄或者抢拍一些场景来说十分方便。

Q：我的最高感光度的选择里并没有ISO 12800这一档，而且我把感光度扩展也打开了。

A：扩展ISO设定开启后，在感光度的选项中可以看到"H"，它便代表ISO 12800。

Q：我该选择多少的感光度？

A：低感光度拥有较为艳丽的色彩表现和更加纯净的画面。随着技术的进步，高感光度同样可以带来不错的画面，一般感光度设置，请参阅下表。

感光度（ISO）	拍摄条件（不使用闪光灯时）	闪光灯照射的距离
100-400	天气晴朗的户外均可使用	ISO感光度越高，闪光灯可照射的距离可以越远
400-1600	傍晚或者在阴天时	
1600-6400、H	光线不足的室内或夜间	

EOS 7D的不同感光度表现

　　以下是实拍EOS 7D在不同感光度下的画质表现，仅供参考。所谓的"可用感光度"某种程度上取决于你的拍摄题材，以及个人对于因高感光度产生的噪点的接受程度。

EOS 7D各级感光度的对比：

高ISO杂色消除：关闭

ISO 100

ISO 800

ISO1600

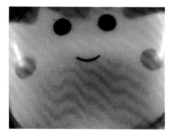

ISO 3200

ISO 6400

ISO12800

高ISO杂色消除：标准

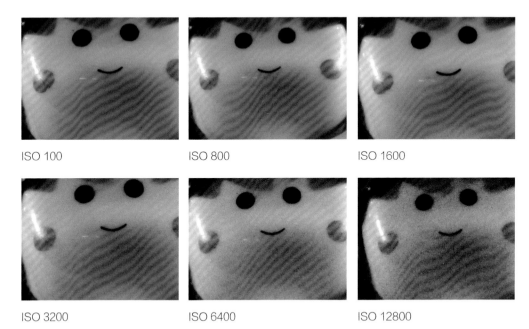

ISO 100

ISO 800

ISO 1600

ISO 3200

ISO 6400

ISO 12800

高ISO杂色消除：低

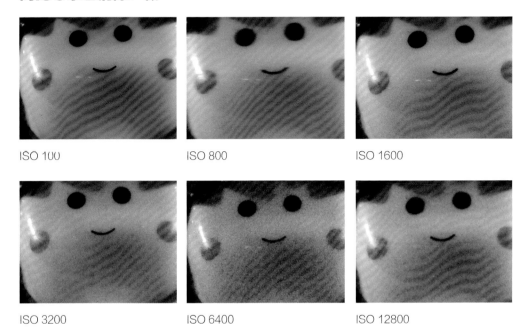

ISO 100

ISO 800

ISO 1600

ISO 3200

ISO 6400

ISO 12800

高ISO杂色消除：强

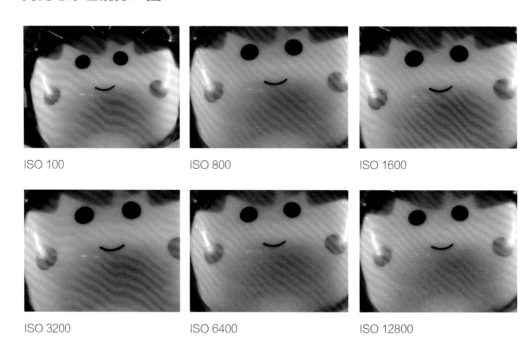

ISO 100　　ISO 800　　ISO 1600

ISO 3200　　ISO 6400　　ISO 12800

画质设置

如何设定画质：

佳能EOS 7D同样可以由拍摄者任意组合不同尺寸的RAW格式图像和JPEG格式图像。与之前佳能推出机型不同的是在RAW格式的选择中，由之前的sRAW1和sRAW2格式文件进化为mRAW和sRAW。

画质设定在拍摄菜单第一页的第一项进入选择。JPEG文件可以选择大、中和小尺寸。画质包括精细画质和一般画质及压缩品质。RAW格式文件则有中等尺寸的mRAW1格式以及小尺寸的sRAW格式文件。在拍摄时可以根据需要选择拍摄RAW格式文件还是以不同尺寸RAW文件和不同尺寸JPEG文件组合保存。

进入画质选项后，可以通过调整主拨盘选择不同大小的RAW格式文件；用机身背面的拨盘来设定不同尺寸的JPEG文件。

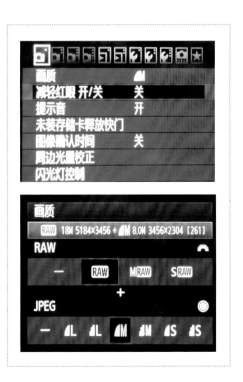

用全新的快捷键来设定画质！

当像素提升到1800万后，拍摄文档不论是RAW格式文件还是JPEG格式图片，完全可以由拍摄者根据拍摄要求任意组合保持的图像格式。

由于不同的拍摄性质，经常在一天的拍摄工作中，因为拍摄环境以及用途的不同而需要随时切换图像文件格式以及图像尺寸，佳能EOS 7D新增加了"RAW+JPEG"按键。摄影师在拍摄时，不论是使用RAW格式文件拍摄还是使用JPEG格式图像进行拍摄，只需按下机身上的可"RAW+JPEG"按键，便可以快速切换RAW格式文件加JPEG图像格式，再次按下按键，恢复到初始设定。

7 白平衡设置

正确的色彩表现，由白平衡开始！

光线因为日出日落、晴天、阴天而有不同的色温表现，不同的光源如日光灯、灯泡等也会有照明上的差异，以至于拍摄出的色彩与肉眼所看到的色彩不同。在拍摄时，对于设置的白平衡可以重现真实的色彩。

佳能EOS7D的白平衡设定方式一共有四种类型。分别是自动白平衡适用于一般拍摄情况，手动白平衡允许用户根据不同的拍摄环境手动设定白平衡，第三种方式以自动色温的方式调整白平衡，最后一种则是属于自定义白平衡，适用于商业棚拍或者环境光源相对稳定的环境进行拍摄。

白平衡设定方式：

操作时先按下相机顶部的"测光/白平衡"按键，通过相机机身背部的拨盘选择八种预设的白平衡模式：自动、日光、阴影、阴天、钨丝灯、白色荧光灯、闪光灯和自定义白平衡。

除了采用相机顶部按键来改变白平衡之外，也可以通过菜单来改变拍摄时的白平衡设置。

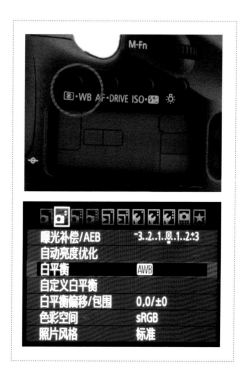

白平衡偏移：

　　用户在使用时设置了手动白平衡之后，如果想继续细致调整白平衡，可以通过白平衡偏移功能进行设置。在选项内可以针对G/M/A/B四个色调进行正负9级的偏移。实际色调将分别加强：绿色、洋红色、琥珀色和蓝色，也可以将偏移点移到画面中的任一位置，例如A2、G2。

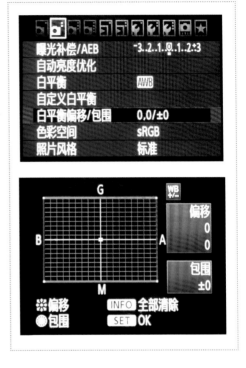

白平衡包围：

所谓白平衡包围，是在特定的白平衡模式下（例如自动白平衡或日光白平衡），拍出三种不同色温、色调有些许差别的照片。白平衡包围可以分别对蓝色——琥珀色（BA）、绿色——洋红色（GM），绿色——洋红（GM）两个方向设定。各自最多可正负3级。拍摄时仅需按一下快门，相机会自动产生三张不同色温的照片。

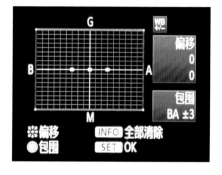

如何使用正确的白平衡？

　　如何拍摄出正确的色彩？正确的方法是在不同环境色下设置相应的白平衡。但是很多时候，错误的白平衡设置在拍摄时会带来意想不到的效果。

　　例如下图为黄昏时分的逆光拍摄，在自动白平衡下色彩显得十分平淡，但当设置为钨丝灯白平衡时，图像的色彩立刻变为十分艳丽，可以更好的还原环境的色调。

自定义白平衡：

如果你从事的是专业摄影，那么图像的色彩准确性十分重要。在光源稳定的环境中，进一步的使用自定义白平衡，可以带来更加确定的色彩。

Step1

将相机设置为任何白平衡模式，拍摄一张白色卡纸。让白色卡纸色彩充满整个取景框，设置正确的曝光值。

Step2

按下机身的"MENU"菜单键，在拍摄菜单第二页选择"自定义白平衡"选项，并按下"Set"键进入设置选单。

Step3

接着载入自定义白平衡资料。使用机身背拨盘找到第一步是拍摄的白色卡纸照片，按"Set"键进行确定。

Step4

按下"测光/白平衡"按钮或进入机身菜单内选择自定义白平衡。

白平衡可以这样用：微调人像肤色表现

运用色温微调，也可以让拍摄者使用白平衡微调的方式调整皮肤的色调。一般来说，设定的色温越低，画面呈现的色调越冷色；色温越高，画面呈现的色调越暖。通过这样的微调，可以对拍摄人像时对皮肤的色调进行微调，还原正确的皮肤颜色。

使用AWB

使用4800

除尘功能设定

完善的CMOS感应器，三重除尘功能——EOS综合自动除尘系统

佳能EOS 7D采用的EOS综合自动除尘系统，使相机机身内部有三重除尘方式。再加上最新的DPP软件在后期处理时的除尘功能，可以轻松解决相机CMOS感光元件进灰的问题。

第一重是以降低灰尘吸附在机身上的设计，减少灰尘的吸附和堆积。第二重防静电滤镜包围在CMOS图像传感器上，使其不易吸附灰尘。第三重措施是超声波振荡功能，将吸附在CMOS的灰尘震落。

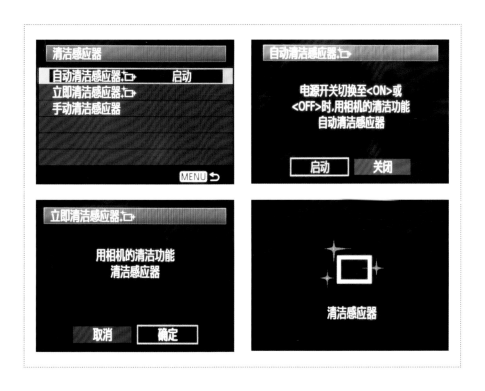

无法除尘时的紧急应变——加入除尘资料

当在拍摄时，出现灰尘并启动机身自动清洁后无法消除时，可以将除尘资料加入影像文件中，待后期处理时，使用DPP软件对画面中的灰尘进行处理。

具体步骤如下：

Step1

拍摄一张白色卡纸。将对焦方式设置为手动对焦，焦距建议选择50mm以上，并对焦至无限远。

Step2

按下机身的"MENU"，选择菜单第三页的"除尘资料"选项，按"SET"键进行设置。

Step3

转到机背的拨盘，选择"确定"并按下"SET"键进行一次除尘操作。

Step4

距离白色卡纸20-30公分左右，将白色表面无任何图案的纸张占满取景框，将拍摄方式设置为光圈优先，光圈值设为F22。

Step5

按下快门拍摄。此影像并不会实际储存，即使没有储存卡也能拍摄，但透过它可以产生除尘资料，而随后拍摄的所有影像，均会加入此除尘资料。

Step6

使用DPP软件来做除尘操作。

影像辅助系统

在佳能EOS 7D机身内有几项设置，左右了更细致的影像品质，它们分别是"自动亮度优化"、"镜头周边亮度校正"、"长时间曝光降噪功能"、"高ISO降噪功能"、"高光优先"。

以往对于速度旗舰机型的关注大都放在对焦反应、连拍速度之类。但是在佳能EOS 7D上，对于画质的要求仍是其重点，运用好以上五项功能实现完美的画质。

长时间曝光降噪功能

拍摄长时间曝光的照片会让图像的噪点增加。当开启了机身内"长时间曝光降噪功能"后，只要曝光时间超过1秒，相机便会自动监测画面的噪点并执行降噪操作。

本功能在自定义设置中C.Fn II-1。"0"为关闭，完全不执行降噪；"1"为自动，当曝光超过1秒时，自动依杂色的状况由相机决定降噪的程度；"2"为开启，当曝光时间超过1秒时，一律执行降噪功能，降噪效果最强。

TIPS

当降噪功能开启后，曝光时间多久，降噪时间所需要的时间就有多久。

全图

设定值为0

设定值为1

设定值为2

高ISO降噪功能

当感光度提高时，图像的噪点也随之而来。本设定在自定义功能中的C.Fn II-2。开启后可以有效地去除高感光度成像时所带来的噪点。

在"高ISO降噪"功能中，一共有4个选项，分别为：标准、低、强和关闭。

镜头周边亮度校正

当使用广角镜头拍摄时，光圈越大，画面周边容易出现炫光情况，使用Digic 4处理器的佳能EOS 7D能够识别拍摄时所用镜头的型号，并对原厂镜头进行修正防止出现炫光。

如果拍摄的图像是JPEG格式，可以开启此功能，直接在相机内部对图像进行处理；如果拍摄图像是RAW格式文件，可以使用DPP软件后期进行处理。

设定值为开启

设定值为关闭

高光色调优先

数码相机对于图像高光部分细节处理总是不够完美，例如拍摄环境光线比较强或者拍摄较为明亮的物体时，常会因为光线问题导致图像高光部分细节缺失的比较严重。当开启"高光色调优先"后，可以提升高光部位的细节。从标准的18%灰度到明亮高光的动态范围得以扩展，灰色和高光之间的过度会更加的平滑。此功能开启后在液晶屏上会显示"D+"。

本功能在自定义功能设置中的C.Fn II-3。

TIPS

开启本功能后，可设定的ISO感光度范围为200–6400。

设定值为0

全图

设定值为1

自动亮度优化

当拍摄主体处于逆光或者对比度较低时，启动"自动亮度优化"功能可以让画面的亮度以及对比度做到适当修正。如果拍摄图像是JPEG格式，可以开启此功能，直接在相机内部对图像进行处理；如果拍摄图像是RAW格式文件，可以使用DPP软件后期进行处理。

设定值为【关闭】

设定值为【强】

EOS 7D闪光灯进化论

EOS 7D闪光灯进化论

不管是数码相机还是胶片相机，拍摄时"光"都是必不可少的重要元素。通俗地说，没有光就拍不出任何照片。在拍摄时，最根本的光源便是太阳，他有顺光、逆光、树荫、夕阳等各种各样的表情，能刺激拍摄者的拍摄欲望，操纵光线是拍好一张照片的最重要的因素，但是根据自己的创意来制造所需要的光线是相当困难的。包含EOS 7D的内置闪光灯信号发射功能在内，EOS综合闪光系统能使用相机全面地控制闪光灯，是能轻松控制瞬时光的结构。看来复杂的多灯照明，其实只要熟悉了操作，并学会一个模式，应用范围就能无限扩展。

光圈、快门与闪光灯

EOS 7D机身内置闪光灯的GN指数为12，在光线不足的情况下可以用来照明拍摄主体，户外拍摄时可以添加眼神光或在暗处不易对焦的情况下辅助对焦。

EOS 7D的P、Av、Tv、M四档拍摄模式均可以由使用者按下闪光灯键将闪光灯弹起。而闪光灯、光圈、快门与这四种拍摄模式的关系如下：

拍摄模式	适合场合	快门速度	光圈
P	适用于全自动闪光灯摄影，生活记录，活动记录	自动设定在1/60秒～1/250秒间	光圈自动设定
Tv	请求以快门速度为表现的题材	使用者可以在闪光灯同步速度以内,设定所需的快门速度（1/250秒～30秒）	闪光灯曝光将会根据自动设定的光圈进行自动设定
Av	大多数的题材以及景深为主的表现手法	快门速度将自动设定为1/250秒～30秒以配合场景的亮度	使用者可以自行设定
M	适合有经验的拍摄者，以闪光灯创作或者婚礼摄影	使用者可以在闪光灯同步速度以内设定快门速度（1/250秒～30秒）	使用者自行设定

内置闪光的照明能力

GN值为12的内置闪光灯照明的能力如何？机顶闪光灯的照明能力会因镜头的光圈不同、机身设定的感光度不同而有所不同，以下是内置闪光灯照明能力的表格，仅供参考。

单位：米/尺

光圈	ISO感光度							
	100	200	400	800	1600	3200	6400	12800
f/3.5	3.5/12	5/16	7/23	9.5/31	14/46	19/62	27/89	39/128
f/4	3/10	4/13	6/20	8.5/28	12/39	17/56	24/79	34/112
f/5.6	2/7	3/10	4.5/15	6/20	8.5/28	12/39	17/56	24/79

内置闪光灯的三种模式

佳能EOS 7D的内置闪光灯可以有三种模式供拍摄者以不同需求进行选择。分别为E-TTL II、M模式以及频闪。使用设定以及使用环境如下：

使用E-TTLⅡ，方便快速

E-TTLⅡ是佳能E-TTL第二代自动闪光系统。在此模式下，闪光灯会自动依据光圈、感光度等不同因素以及测光的结果，自动调整闪光的强弱。

E-TTLⅡ适用于大多数的拍摄题材，如生活记录、旅游等。

内置闪光灯功能设置	
闪光模式	E-TTLⅡ
快门同步	前帘同步
E-TTLⅡ	评价
无线闪光功能	
频道	1 ch
INFO 清除闪光灯设置	
测试闪光	

E-TTL模式下，运用闪光灯曝光补偿、微调闪光灯输出的功率

内置闪光灯的输出功率的强弱，当闪光灯设置为E-TTL模式时，是透过闪光灯曝光补偿来调整。有些人不喜欢使用闪光灯补光的原因，会造成光线色调比较白。为了避免闪光灯白色光对于画面造成的反差，通过调整闪光灯的曝光补偿来控制闪光灯的功率的输出功率强弱，让拍摄的照片光线更加自然。

闪光灯曝光补偿在两个地方可以调整，一是利用机内的菜单进行调整，二是由机顶闪光灯补偿按钮来进行设置。

未补光

内闪补光

内闪-0.3EV补光

E-TTL II闪光灯补偿操作

要设定内置闪光灯的曝光补偿，先按下机顶LCD旁的闪光灯补偿设定按钮，再拨动机背上的大转盘，补偿效果可以从拍好的LCD来预览。

手动控制内置闪光灯

佳能EOS 7D是佳能首部在内置闪光灯中加入手动M模式的数码单反相机。在本模式下，使用者可以自动控制闪光灯输出功率，即可以全功率输出，也可以将闪光灯输出功率降低到最小的1/128，可以每1/3EV微调，十分精确。手动M模式适用于任何需要稳定控制光源的拍摄题材，以及触发影棚灯之用。

创意频闪模式

所谓频闪就是在一次快门运作下，闪光灯连续闪烁数次。在频闪模式下，使用者可以设定闪光的次数、频率，拍摄出属于自己的创意。

频闪可以用于记录连续运动物体的轨迹或是趣味性的创作，以往在高端外闪才有的动能如今被下放到佳能EOS 7D的内置闪光灯中，提高了闪光拍摄的乐趣。

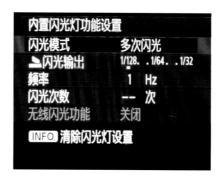

离机引闪——用内置闪光灯控制外置闪光灯，拍摄出专业级的作品

　　佳能EOS 7D内首度加入了多灯离机控制功能，可以用内置闪光灯控制三个群组的外置闪光灯并分别设定各群组闪光灯的输出功率，对于用户利用闪光灯进行创作，提供了极大的便利。

简易离机闪光灯设置流程：

Step1

按下闪光灯弹起按钮打开内置闪光灯，由于遥控闪光灯需有内置闪光灯的灯光来触发外置闪光灯，因此在做离机闪操作时，保持那只闪灯处于开启状态。

Step2

按下机身的"MENU"键，选择闪光灯控制，按下"SET"键，进行设置。

Step3

选择"内置闪光灯功能设定"，在"闪光灯模式"中将闪光灯模式设置为"E-TTL Ⅱ"。

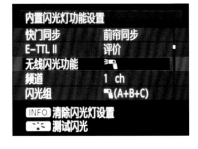

Step4

在"无线闪光功能"内，设定成如下图示。

Step5

设定"频道",将外置闪光灯的频道设置为同一频道。

Step6

在外置闪光灯上将其设置为接受控制灯。

Step7

将外置闪光灯设置完成后,进行测试。

使用离机闪光的理由——立体感

使用离机引闪最大的便利在于可以控制闪光灯光线的方向，从而加强被拍摄者的立体感。

佳能EOS 7D，佳能580EX II
EF24–70mm f/2.8L USM
ISO 250，f/2.8，0.3s，70mm

佳能原厂外接闪光灯580EXⅡ、430EXⅡ

在佳能原厂的外置闪光灯中，输出功率比较大，适合用来拍摄创作、离机遥控的最佳选择，分别是580EX Ⅱ和430EX Ⅱ。他们的最大输出功率分别为GN58和GN43。

580EX Ⅱ既可以接受EOS 7D内置闪灯控制，也可以作为主灯，放置于机顶上控制另外的580EX Ⅱ或者430EX Ⅱ；而430EX Ⅱ仅能接受EOS 7D内置闪灯的控制或接受580EX Ⅱ的控制。

11 / 100%视野率智能光学型取景器

取景器光学系统

佳能EOS 7D所使用的取景器视野率约为100%,放大倍率约为1.0倍(100%),视角约为29.4°,眼点为22毫米,这样的光学性能在历代EOS单反相机中堪称顶级。由于视野率为100%,通过光学取景器看到的范围与实际拍摄范围几乎一致,拍摄者能够精确的进行构图。取景器放大倍率约为1.0倍(100%),而视角也宽达约29.4°,取景器图像大小和EOS 1D Mark III几乎一致,能让拍摄成为一种享受。它还拥有高达22毫米的眼点,即使戴着眼镜也不会有看不到的死角或者暗角。可轻松观察到整个取景器内的图像。为了达到这样高的光学性能,EOS 7D使用了和专业级相机EOS 1D Mark III同样大小的五棱镜。另外为了减轻五棱镜大型化带来的色像差影响,目镜采用了具有高折射率的玻璃,确保了观察图像的高品质。眼罩部分与EOS 1D系列相同的,是取景器整体的形象品质得到提升。

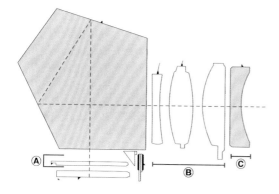

A背透型液晶面板

在对焦屏和五棱镜之间配置了背透型液晶面板，可以显示各种自动对焦点和网格线等信息。

B目镜调节屈光度

这部分的光学部件采用塑料制造，只需旋转取景器目镜右上方的屈光度调节旋钮，这个部分就会随之运动，让用户看起来更清晰。

C目镜（高折射率的玻璃）提高放大倍率、修正相差

这部分是实现约1.0倍的放大倍率的关键。使用玻璃材料不仅仅提高取景器放大倍率，还可以修正各种相差，让图像更容易观察。

显示网格线和电子水平仪

EOS 7D的取景器内置安装有背透型液晶面板，是"智能信息显示光学取景器"。可以在取景器内显示网格线、三维电子水平仪等信息。三维电子水平仪利用了取景器内的自动对焦点显示水平信息，它能够测出并显示左右和前后方向上的倾斜。

因为能够显示各种信息，所以对焦屏设计成了固定式。

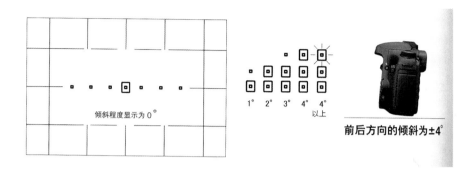

倾斜程度显示为 0°

1°　2°　3°　4°　4°
　　　　　　　以上

前后方向的倾斜为±4°

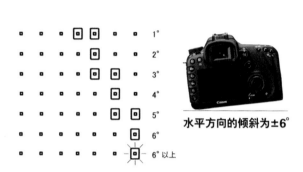

1°
2°
3°
4°
5°
6°
6° 以上

水平方向的倾斜为±6°

使用M-Fn（多功能）按钮启动三维电子水准仪

可以在自定义控制按钮的设置中，将M-Fn（多功能）按钮赋予三维电子水准仪启动功能。

EOS 7D取景器内的电子水准仪显示功能巧妙利用了自动对焦点显示水平信息，用户可以通过取景器确认相机的倾斜状况。电子水准仪能以1°为单位在取景器内显示水平方向±6°，前后方向±4°的倾斜。

电源关闭、未安装电池时的取景器

EOS 7D的取景器在电源关闭时亮度不会改变，但是一旦取出电池就会变暗。这是因为即使电源处于关闭状态，电池也会给背透式液晶面板供电。所以，就算取景器变暗也不代表相机发生了故障。

拍摄时

电源关闭时

未安装电池时

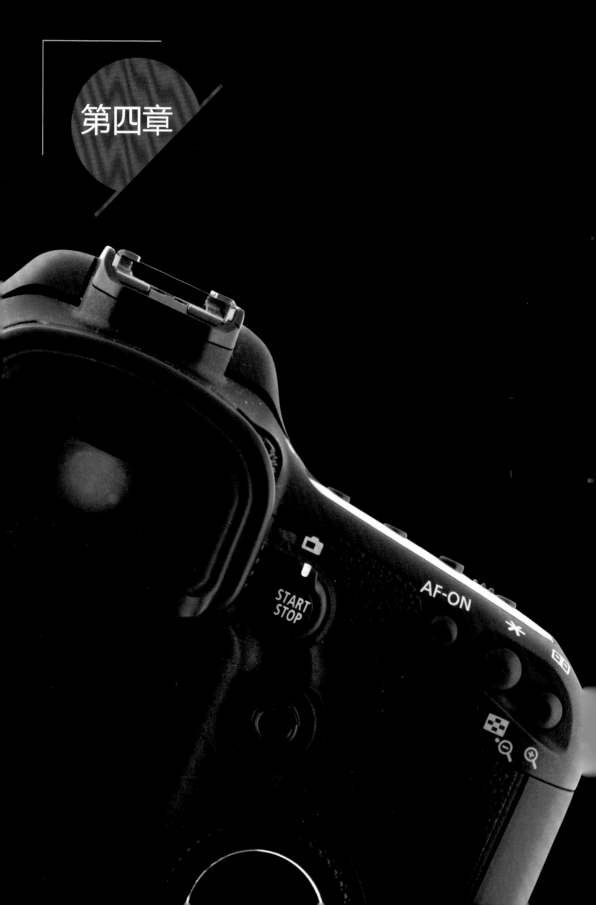

第四章

EOS 7D
人像、风光、旅游
拍摄全攻略

人像摄影全攻略

敢于使用高感光度拍摄，敢于使用现场光拍摄

在特色咖啡屋或者休闲会所内，大多会以暖色调的灯光来作为环境照明，而且为了保留所谓的"气氛"，光线都比较昏暗，因此在此环境中的拍摄要点是敢于把感光度提高，让快门速度提升，避免拍摄出"模糊"的照片。

在昏黄的灯光下，画面的整体色调都会偏黄，这时可以尝试手动调整白平衡设置，以自定义色温的方式，尝试将相机的色温设置到2800K左右，最低设定在2500K，改善色偏的问题。也可以在拍摄时使用RAW格式拍摄，后期在DPP软件中对白平衡进行调整。

运用反光板及亮度优化，拍摄出明亮的人像

在人像拍摄时，使用自然光采光是很好的办法。如果在住宅或者度假村等有大片落地窗时，在窗边拍摄明亮的人像作品。

在逆光情况下，要拍出明亮的感觉，有三个要点。第一点是使用Av模式并采用点测光模式对模特的面部进行测光。第二点是运用反光板进行补光，让模特面部的光线均匀。第三点则运用亮度优化，如此可以控制主体以及背景的明暗关系不会差别很大。

■ 佳能EOS 7D
■ EF50mm f/1.4 USM
■ ISO 200，f/2.5，1/30s，50mm

■ 佳能EOS 7D，佳能580EX II
■ EF24-70mm f/2.8L USM
■ ISO 250，f/2.8，1/10s，70mm

启用高光优先，保留高光细节

在平时的人像创作中，特别是美女写真，很多拍摄者的习惯是会选择略微的曝光过度，让整体画面整体更加通透。过曝的结果虽然色彩通透了，但是会造成大量的服装细节的缺失，特别是白色的服装。

佳能EOS 7D带有"高光优先"功能。在拍摄时启动该功能，可以让白色衣服的细节最大化的保留，不会因为过曝或者光线问题让浅色细节过曝。

定点自动对焦，准确捕捉眼神的魅力

在佳能EOS 7D的对焦模式选择中，有一项对焦模式名为定点自动对焦。对于喜欢拍摄大光圈浅精深的人像摄影爱好者，可以对准模特眼睛进行对焦，再构图，可以拍摄出完美的浅精深人像照片。

佳能EOS 7D的对焦点多达19点，分布的情形也符合大多数人像摄影师拍摄的需要。因此在找到符合构图规则的前提下，找到合适的对焦点，并使用定点自动对焦，将模特的眼神和细节表现出来。在精准的自动对焦下，可以快速便捷的完成拍摄。

- 佳能EOS 7D
- EF18-200mm f/3.5-5.6 IS
- ISO100，f/5.6，1/160s，100mm

风光摄影全攻略

运用包围曝光，获得更多层次

佳能EOS 7D可以设置多达±3EV的包围曝光，通过连拍设置可以忠实记录下场景中亮部细节、暗部细节和中间色调，后期处理时通过图层的调整分别合成、分别还原图像中的高光、阴影和中间色调，完美展现拍摄场景的丰富层次。

19点自动对焦，清晰捕捉风景

在进行风光摄影时，可以将对焦设置为区域自动对焦方式，这样可以在拍摄时将焦点集中在拍摄主体周围，清晰还原景物本来面目。

佳能EOS 7D
EF16-35mm f/2.8L USM
ISO 100，f/4，1/640s，16mm

■ 佳能EOS 7D
■ EF17-40mm f/4L USM
■ ISO 400，f/5.6，1/6s，17mm

运用小光圈、慢快门
——展现风光层次

在风景拍摄时，为了表现画面的层次和细节，通常会将相机设置为A档（光圈优先），将镜头光圈设置为F22甚至更小，这时试用慢速快门进行曝光，可以获得丰富的细节和层次，充分展现拍摄场景的原貌。

在风景拍摄时，特别是拍摄主题为山水风景时，小光圈和较慢速度的快门拍摄可以清晰的将场景中全部的细节记录下来，体现拍摄山水风光的雄伟气质。在拍摄建筑物特写以及环境局部时，可以放大光圈，通过景深的关系来突出局部与环境的层次，从而表现出主体与局部的关系。

在风景拍摄时，尽量使用RAW格式拍摄。RAW格式不会在相机内进行任何处理，因此RAW格式图像不仅可以忠实的记录下拍摄时的所有数据细节，还可以在后期处理时，对于图像的色温、锐度、色彩进行处理，还原场景最真实的颜色和丰富的细节。

佳能EOS 7D
EF17-40mm f/4L USM
ISO 100，f/7.1，1/125s，17mm

构图的基本概念

构图是摄影最基本的技术之一。在外景拍摄人像时，可以利用外景环境中的各种因素，使人物和环境产生互动；在拍摄风光时，利用拍摄的环境以及景深的效果使拍摄画面变得富有层次和美感。

黄金分割法

黄金分割构图法在人像摄影中被广泛应用。所谓黄金分割是把一条线段分割为两部分，使其中一部分与全长之比等于另一部分与该部分之比。其比值是一个无理数，取前三位数字的近似值是0.618。由于按此比例设计的造型十分美丽，因此称其为黄金分割比，也称为中外比。简单地说，黄金分割法即在画面的1/3处画一条线，将被拍摄主体放在这条分割线上，或者让被拍摄主题占据拍摄画面的2/3。实践证明，黄金分割的画面分布方法可以带来很强的视觉感受，具有严格的比例性和艺术性。

- 佳能EOS 7D
- EF24-105mm f/4L IS USM
- ISO 200，f/9，1/250s，40mm

三等分法（九宫格构图）

三等分法又被称为九宫格构图法，是对黄金分割法的简化，可以使构图更加直观。三等分法是按照横纵1/3的方式将画面分为9个部分。

在平时摄影过程中，往往将拍摄的主体或者人物放在三等分画面的交叉点上。这样既可以突出主体，又可以通过景深、环境、色彩等因素提升图像的视觉效果，从而让画面达到平衡。

很多小型数码相机在取景时，其液晶屏可以显示九宫格辅助线，能对构图起到辅助作用。佳能EOS 7D同样可以通过Live view取景时，同样可以显示九宫格辅助构图，因此摄友在拍摄时，一定要养成三等分法构图的习惯，并灵活运用。

- 佳能EOS 7D
- EF-s 15-85mm f/3.5-5.6 IS USM
- ISO 200，f/4，1/25s，18mm

第五章

EOS 7D
与各款佳能镜头推荐

佳能 EF-S 10-22mm F3.5-4.5 USM

佳能这只超广角镜头因其超广的视角以及合理的价格，往往会获得摄影器材编辑的高度推荐。此镜头搭配7D之后，可谓是风光摄影的绝佳利器。

实现焦距16mm的超广角摄影

操作与性能	★ ★ ★ ★ ★
解像力	★ ★ ★ ★ ★
性价比	★ ★ ★ ★
综合推荐程度	★ ★ ★ ★ ★

佳能在2004年发布的EF-S 10-22mm F3.5-4.5，可以为摄影师实现16mm焦距的超广角摄影，成为风光摄影师的必选镜头之一。由于此镜头并不是L等级"红圈"镜头，所以莲花形遮光罩需要另购，该镜头的口径为77mm，遮光罩与17-40mm F4L是通用的。EF-S 10-22mm F3.5-4.5具有全时手动对焦功能，最近对焦距离为24cm，最大放大倍率为0.17倍（相比17-40L的28cm的最近对焦距离，近距离摄影更具有优势）。

佳能EF-S 10-22mm F3.5-4.5的镜片构成为10组13片，其中包含非球面镜片和UD（超低色散）镜片共3片，形成对于广角镜头来说最重要的色散差修正。其广角端所呈现的桶状变形，比17-40L镜头要明显一些，对于建筑摄影会稍微有一些影响。镜头周边成像的暗角现象在缩减一档光圈之后便可消除。EOS 7D或更高级别的相机也可以在机内设定周边光亮校正。

至于广角镜头经常去拍摄的日出日落题材等逆光环境拍摄，由于镜头已经针对

APS-C机身做了特殊设计，镜桶内部挡光与吸光结构可阻挡不必要的光线射入，因此对耀光与眩光光斑的抑制性能十分优秀。

佳能EF-S 10-22mm F3.5-4.5全焦段全开光圈便会有相当不错的画质表现，缩至F8则全画面达到最高画质表现，整体表现为满分五颗星。由于成像素质上佳，佳能EOS 7D的用户可以毫不犹豫的选择此镜头作为拍摄广角摄影的最佳伙伴。

● 规格表

7D对应焦距	16-35mm
镜头结构	10组13片
光圈叶片	6片
最小光圈	22-27
最近对焦距离	0.24m
滤镜口径	77mm
直径×长度	83.5×89.8mm
重量	385克
遮光罩	EW-83E（需另购）
上市时间	2004年11月
参考价格	RMB 5400

● 解像力测试

焦段	位置	最大光圈	F8
10mm	中央	优异	优异
10mm	周边	极好	优异
15mm	中央	极好	优异
15mm	周边	良好	极好
22mm	中央	优异	优异
22mm	周边	极好	极好

- 佳能EOS 7D
- EF-S 15-85mm F3.5-5.6 IS USM
- 光圈优先 F3.5 1/20秒 ISO1600

覆盖最常用焦段的广角变焦镜头

佳能 EF-S 15-85mm F3.5-5.6 IS USM

比EF-S 17-85mm F3.5-5.6 IS USM更佳的广角拍摄能力与最新的防抖系统

短小精巧，具有24mm广角的5.7倍变焦镜头

操作与性能	★★★★★
解像力	★★★★★
性价比	★★★☆
综合推荐程度	★★★★★

EF-S 15-85mm F3.5-5.6 IS USM镜头全新的12组17片镜片设计，镜身短小轻巧却仍能提供5.7倍的光学变焦。焦距相当于24-136mm，覆盖最常用的拍摄焦段。镜头具有24mm的广角，取景拍摄时比一般的套头有更广阔的取景选择，加上轻巧的镜身，方便在城市中游走拍摄，无论是城市景观题材的拍摄或者人文纪实题材皆能应付自如。针对广角焦距常见的畸变问题，镜头特别采用了2片高精度GMo玻璃铸模非球面镜片及1片复制型（Replica）非球面镜片将畸变减至最低，同时大大提升图像边缘的成像素质。另外，镜头内的1片UD超低色散镜片有效消除色散，确保影像无暇呈现。

EF-S 15-85 IS操作性能极强，金属内镜筒结构配合扭力控制经优化的变焦环，使变焦操作更为准确顺畅。其内的小巧光学影像稳定器，提供4级快门防抖效果，即使在光线昏暗的情况下拍摄，也能以手持1/8秒的快门速度具有一半的成功率。镜头具有环形超声波马达（USM）提供高速、宁静的自动对焦，加上高速CPU及更先进的自动对焦算法，让你绝不会错过每一个决定性的时刻。圆形的光圈叶片能营造出柔和的散景，优美

的突出前景的主体。最新镜头镀膜，则有效降低鬼影及眩光的出现。

在全开光圈的情况下，画面的中央部分画质解像力优异，周边也都有不错的素质。缩至F8后全焦段可再提升到一致性的顶级画质。整体得分为满分五颗星。

EF-S 15-85 IS的确为EOS 7D/550D注入了强大的火力支援，实用性也比EF-S 17-85 IS要高出不少，当然本镜头的零售价也不便宜。

● 规格表

7D对应焦距	24-136mm
镜头结构	12组17片
光圈叶片	7片
最小光圈	22-36
最近对焦距离	0.35m
滤镜口径	72mm
直径×长度	81.6×87.5mm
重量	575克
遮光罩	EW-78E（需另购）
上市时间	2009年9月
参考价格	RMB 5300

● 解像力测试

焦段	位置	最大光圈	F8
15mm	中央	优异	优异
15mm	周边	普通	优异
50mm	中央	优异	优异
50mm	周边	极好	优异
85mm	中央	优异	优异
85mm	周边	优异	极好

佳能 EF-S 17-55mm F2.8 IS USM

具备色调饱和、反差适中和艳丽动人的画质表现

不必修图就可达到令人满意画质的数码专用镜头

操作与性能	★★★★☆
解像力	★★★★☆
性价比	★★★
综合推荐程度	★★★★☆

EF-S 17-55mm F2.8 IS USM这支恒定F2.8大光圈的标准变焦镜头的塑料质感偏重。不过轻量化的设计也有助于将此镜头搭载在APS-S机身时的平衡感，而且防抖性能实用度高。

镜头采用外变焦设计，在长焦端时内层镜筒会伸出。采用第三代IS防抖技术，防抖效果相当于提高3倍快门速度，以55mm长焦端实测发现，即使手持在1/4秒快门速度拍摄，还会有大约1/3至1/2成功拍摄到清晰影像的几率。

包含IS防抖机构镜片组为12组19片，使用了3片非球面镜片和2片UD（超低色散）镜片，EF-S 17-55mm F2.8 IS USM镜头用料可媲美佳能红圈L级别镜头。广角端有可见的桶状变形，全开光圈拍摄在镜头周边会出现不明显的暗角。

本镜头在解像力上的表现极佳，各焦段全开光圈F2.8拍摄中央部分皆达到了很高的素质，缩小光圈至F8后，全画面皆可达到优异的画质表现。解像力总分为五颗星满分，此镜头具有和红圈镜头EF 24-70mm F2.8L平起平坐的实力。

这支镜头以高画质和优异的防抖性能赢得了市场的瞩目，不过性价比稍差，而且莲花型遮光罩需要另外选购。

● 规格表

7D对应焦距	27-88mm
镜头结构	12组19片
光圈叶片	7片
最小光圈	22
最近对焦距离	0.35m
滤镜口径	72mm
直径×长度	83.5×110.6mm
重量	645克
遮光罩	EW-83J（需另购）
上市时间	2006年5月
参考价格	RMB 7300

● 解像力测试

焦段	位置	最大光圈	F8
17mm	中央	优异	优异
17mm	周边	良好	优异
28mm	中央	优异	优异
28mm	周边	极好	优异
55mm	中央	优异	优异
55mm	周边	极好	极好

- 佳能EOS 7D
- EF-S 17-55mm F2.8 IS USM
- 光圈优先 F2.8 1/200秒 ISO100

 EF-S系列第一支恒定大光圈镜头

佳能EOS 7D
EF-S 18-135mm F3.5-5.6 IS
光圈优先 F13 1/100秒 ISO100

物超所值的高倍率旅游镜头

佳能 EF-S 18-135mm F3.5-5.6 IS

为EOS7D用户提供的另一款高变焦倍率镜头

廉价、轻便，但无超声波马达驱动

操作与性能	★★★☆
解像力	★★★★★
性价比	★★★★☆
综合推荐程度	★★★

　　佳能7D相机另有两款配套镜头可以选择，分别是EF-S 15-85mm F3.5-4.5 IS USM和EF-S 18-135mm F3.5-5.6 IS，前者提供了更广阔的拍摄取景和极佳的操作性能，后者则是物超所值的采购解决方案。

　　EF-S 18-135mm F3.5-5.6 IS防抖变焦镜头提供了7.5倍的高倍率光学变焦，焦距等效于29-216mm，覆盖最常用的拍摄焦距。从外观上看，简单的对焦环在前、变焦环在后，但是此镜头并未搭载USM超声波马达。与EF-S 18-200 IS相比较，EF-S 18-135 IS重量减轻约三分之一，而价格也便宜了约三分之一。18-135 IS与18-200 IS的最近拍摄距离都是45厘米，最大放大倍率分别为0.21倍和0.24倍，它们都配备了新款光学影像稳定器，并且具备自动识别一般拍摄或故意摇镜水平移拍（体育摄影中比较常用）等情况，达到最佳的防抖效果。EF-S 18-135 IS具有4级快门防抖效果，即使手持使用135mm焦段1/8的快门速度拍摄，仍会有一半以上的拍摄到清晰图像的比率。

　　EF-S 18-135mm F3.5-5.6 IS采用全新12组16片的镜头设计，其中含有1片UD超低色散镜片，有效消除色散现象，实现高解像力、高对比度的影像效果。而另有1片高精度GMo玻璃铸模非球面镜片，则能大大降低全焦段内不同类型的相差及畸变情况，为每个焦段提供最优化的高素质影像。经过逆光拍摄测试证实本镜头抗眩光能力佳，数码画质表现力也获得很高的分数。

　　就佳能现有的多款标准变焦镜头来说，价位较低的EF-S 18-135mm F3.5-5.6 IS固然是有着非常不错的性价比。对于入门级的单反相机使用者，此镜头是一个不错的轻巧旅行镜头。

● 规格表

7D对应焦距	29-216mm
镜头结构	12组16片
光圈叶片	6片
最小光圈	22-36
最近对焦距离	0.45m
滤镜口径	67mm
直径×长度	75.4×101mm
重量	455克
遮光罩	EW-73B（需另购）
上市时间	2009年9月
参考价格	RMB 3100

● 解像力测试

焦段	位置	最大光圈	F8
18mm	中央	优异	优异
18mm	周边	良好	优异
50mm	中央	优异	优异
50mm	周边	极好	优异
135mm	中央	优异	优异
135mm	周边	良好	极好

佳能 EF-S 18-55mm F3.5-5.6 IS

实用的超轻便套装镜头

可矫正2-3级快门防抖性能的套头

操作与性能	★ ★ ★ ☆
解像力	★ ★ ★ ★ ★
性价比	★ ★ ★ ★
综合推荐程度	★ ★ ★

当索尼/奥林巴斯/宾得等厂商以机身防抖技术带来经济且方便的防抖解决方案时，佳能和尼康也各自推出了轻巧的具备防抖功能的相机套头产品。

外观上，EF-S 18-55 IS仍保持着轻盈的体形与重量，与其上一代产品EF-S 18-55相比，虽然加入了IS防抖系统，但是重量仅仅由190克略微增加到了200克，显然佳能在IS防抖结构设计上有了相当的突破。镜头前端有一个明显的银环，以及"IMAGE STABILIZER"的标识，不过整体而言这还是一支全塑料质感的镜头。

最近对焦距离由EF-S 18-55的28cm缩短为25cm，在微距拍摄时更具优势。从防抖拍摄测试发现，在55mm焦距以手持1/15秒、1/8秒和1/4秒快门速度下拍摄，可矫正抖动的几率分别为80%、40%和20%。

EF-S 18-55mm F3.5-5.6 IS镜片组依旧使用9组11片，其中包含IS防抖结构，后端镜组使用了一枚非球面镜片。解像力表现上EF-S 18-55 IS相比前一代有着相当的进步，各焦段全开光圈下全画面皆达到顶级素质，

缩小光圈到F8后，周边画质可再提升，整体表现全面超越前代产品。

经过测试这支人气一般的套装镜头EF-S 18-55mm F3.5-5.6 IS后，这支镜头轻巧依旧，画质却有不小的提升，镜头防抖性能约在2级快门速度。不过把此镜头当做旅行镜头，似乎长焦端不够远，但当这个镜头为随身镜则相当合适。

● 规格表

7D对应焦距	29-88mm
镜头结构	9组11片
光圈叶片	6片
最小光圈	22-27
最近对焦距离	0.25m
滤镜口径	58mm
直径×长度	68.5×70mm
重量	200克
遮光罩	EW-60C（需另购）
上市时间	2007年10月
参考价格	RMB 650

● 解像力测试

焦段	位置	最大光圈	F8
18mm	中央	优异	优异
18mm	周边	极好	极好
28mm	中央	优异	优异
28mm	周边	优异	优异
55mm	中央	优异	优异
55mm	周边	极好	优异

- 佳能EOS 7D
- EF-S 18-55mm F3.5-5.6 IS
- 光圈优先 F13 1/100秒 ISO100

 极轻巧的具备防抖性能的套装镜头

荣获TIPA2008最佳入门级镜头大奖

- 佳能EOS 7D
- EF-S 55-250mm F4-5.6 IS
- 光圈优先 F5.6 1/800秒 ISO100

佳能 EF-S 55-250mm F4-5.6 IS

最远可等同400mm的超长焦拍摄能力，却仅有390克的轻巧

物超所值的防抖长焦镜头

操作与性能　★ ★ ★ ★
解像力　　　★ ★ ★ ★ ☆
性价比　　　★ ★ ★ ★ ★
综合推荐程度　★ ★ ★ ☆

　　佳能强化旗下入门级别DSLR竞争力的一剂猛药，便是发布了包括EF-S 18-55mm IS与EF-S 55-250mm IS两只轻巧的防抖镜头。也许部分的摄影师会选择一镜走天下的EF-S 18-200mm IS，避免旅途中换镜头的麻烦，不过选择EF-S 18-55mm IS与EF-S 55-250mm IS双头作为便携伴侣也有几点长处：长焦端可以扩展到250mm（折合135mm的焦距等同于400mm），此镜头价格上更是具有优势。

　　EF-S 55-250mm IS镜头塑料感稍重，并无超声波马达驱动。最近对焦距离仅1.1米，放大倍率为0.31倍；镜头亦具备圆形光圈叶片以及优化镜头镀膜。而且重量仅有390克，非常轻巧便于携带。

　　这只轻巧的EF-S长焦变焦IS防抖镜头，焦距等于135mm画幅相机的88-400m；全新设计小巧型光学影像稳定器，提供4级快门防抖功能，光学影像稳定器自动辨识能力一般拍摄与摇镜水平移拍（体育摄影中比较常用）等情况。使用镜头的最长焦端拍摄，降低四级快门速度到1/25秒时，开启IS功能拍摄到清晰作品的成功率为80%。

　　镜片组为10组12片中包含一片UD镜片，解像力表现在广角端至中间焦距最佳，全开光圈即有优异的画质表现。超过200mm焦段后呈现稍微偏软，最好缩小光圈一至两级以上，便可提升成像反差。

　　对于使用EOS 7D的入门新手来说，如果要单买一只18-200mm IS镜头，或者是选购EF-S 18-55mm IS和EF-S 55-250mm IS两支具有防抖功能的镜头，可以从预算层面或者拍摄习惯去考虑。如果怕重，或者要省点钱，那么双头IS套装会是更好的选择。

● **规格表**

7D对应焦距	88-400mm
镜头结构	10组12片
光圈叶片	7片
最小光圈	22-32
最近对焦距离	1.1m
滤镜口径	58mm
直径×长度	70×108mm
重量	390克
遮光罩	EW-60（需另购）
上市时间	2008年3月
参考价格	RMB 1600

● **解像力测试**

焦段	位置	最大光圈	F8
55mm	中央	优异	优异
55mm	周边	优异	优异
135mm	中央	优异	优异
135mm	周边	良好	优异
250mm	中央	普通	良好
250mm	周边	良好	良好

一镜走天下的高倍率旅行用镜头

- 佳能EOS 7D
- EF-S 18-200mm F3.5-5.6 IS
- 光圈优先 F5.6 1/800秒 ISO200

佳能 EF-S 18-200mm F3.5-5.6 IS

外表不起眼，但很实用的高倍率变焦镜头
广焦和长焦兼顾，一头可走天下，免于更换镜头

操作与性能	★★★☆
解像力	★★★★★
性价比	★★★★
综合推荐程度	★★★★

随着EOS 50D的推出，佳能也发表了高倍率旅游镜EF-S 18-200mm F3.5-5.6 IS，佳能的APS用户终于可以一只镜头走遍天下了。

EF-S 18-200 IS搭配EOS 7D时，整体重量平衡感尚佳，变焦环的操控也十分顺手，但是相对来说对焦环就窄的很可怜了，并且镜身上并没对焦距离显示窗，这个镜头从外观上的确是很普通。

镜身的开关按钮设置出了AF/MF外，还有IS防抖系统的开关，以及防止镜头前伸的LOCK锁定键。而对于高倍率镜头容易有的垂头现象，18-200 IS的阻尼设计恰到好处，垂头现象不明显。镜头并没有采用USM马达驱动，所以可以听见明显的对焦声，对焦速度尚佳。

关于此镜头的防抖性能，我们进行测试发现，使用200mm长焦端手持拍摄，在1/50秒的快门速度时拍摄，约有90%的照片是清晰的，在1/25秒时，照片的清晰率为20%左右，也就是说EF-S 18-200 IS的防抖性能约在2级。

EF-S 18-200mm F3.5-5.6 IS最近的对焦距离为45厘米，这一点与其他厂商的同级别镜头是基本相同的。但是佳能 18-200mmIS缺少了超声波马达以及对焦距离显示窗的配置，使得镜头略显廉价，而且会影响到拍摄的操作性。

在解像力方面，全焦段全开光圈下中央部分画质优异，周边成像略微欠锐，缩小光圈至F8以后，反差度提升，素质明显有了提升。比起适马的18-200 OS或者尼克尔的18-200 VR在长焦端表现更佳。

EF-S 18-200mm F3.5-5.6 IS是一款外观并不起眼，却很实用且画质不错的高倍率变焦镜头。虽然有缺失USM马达驱动的遗憾，不过佳能还是赋予了它不错的影像表现，EF-S 18-200mm F3.5-5.6 IS依旧是旅行背包中的首选配置。

● 规格表

7D对应焦距	29-320mm
镜头结构	12组16片
光圈叶片	6片
最小光圈	22-38
最近对焦距离	0.45m
滤镜口径	72mm
直径×长度	78.6×102mm
重量	595克
遮光罩	EW-78D（需另购）
上市时间	2008年9月
参考价格	RMB 3900

● 解像力测试

焦段	位置	最大光圈	F8
18mm	中央	优异	优异
18mm	周边	良好	极好
50mm	中央	优异	优异
50mm	周边	极好	优异
200mm	中央	优异	优异
200mm	周边	良好	极好

佳能 EF 17-40mm F4L USM

相比于第二代EF 16-35mm F2.8L镜头，具有更优的性价比

凭借着L级别红圈镜头的优质口碑，这款价格合理的超广角镜头经常成为行家的首选

操作与性能	★★★★★
解像力	★★★★★
性价比	★★★★
综合推荐程度	★★★★★

佳能EF 17-40mm F4L USM比第一代EF 16-35mm F2.8L短约0.6cm，镜头口径同为77mm，镜头体积大致相同，重量却明显轻了很多，16-35L为600克，但17-40L只有475克，轻量化后携带更为轻松。而且在新一代EF 16-35mm F2.8L 2上市后，EF 17-40mm F4L USM反而显得具有更优的性价比。

镜头采用固定镜长的内对焦设计，具有超声波马达，对焦迅速并且宁静，最近对焦仅为28cm，在近距离拍摄和放大倍率上具有优势。此镜头手感一流，轻量化并且防尘防水，近拍强，操作性固能获得五颗星的满分！

17-40L的超广角端有明显的桶状变形，但比一代16-35L略轻。在逆光拍摄测试中，由于镜头的最大光圈为F4，在设计上可以免除大部分有害光线折射，因此与16-35L相比，无论是光斑或者眩光，都会再好一些。对于一般风光片的拍摄，佳能L级别红圈镜头的色彩饱和度会让人感到艳丽。

此镜头在数码相机上的解像力测试中，在最大光圈的拍摄表现即达到了最佳水准。分析其各焦段的表现，40mm端表现最佳，

17mm端在F8光圈亦有极好的成像素质。在拍摄中，除了超广角端建议缩小光圈拍摄以外，其余焦段都可以使用F4开放光圈拍摄。

总结来说，佳能EF 17-40mm F4L USM具有低廉的价位，兼顾L级别顶级镜头的做工和手感，又具备轻量化设计和上佳的抗眩光性能，对于喜欢风光摄影的摄影师，我们会极力推荐它！

● 规格表

7D对应焦距	27-64mm
镜头结构	9组12片
光圈叶片	7片
最小光圈	22
最近对焦距离	0.28m
滤镜口径	77mm
直径×长度	83.5×96.8mm
重量	475克
遮光罩	EW-83E（内附）
上市时间	2003年5月
参考价格	RMB 5300

● 解像力测试

焦段	位置	最大光圈	F8
17mm	中央	优异	优异
17mm	周边	普通	极好
28mm	中央	优异	优异
28mm	周边	良好	极好
40mm	中央	优异	优异
40mm	周边	极好	极好

■ 佳能EOS 7D
■ EF 17–40mm F4L USM
■ 光圈优先 F4 1/100秒 ISO200

具有恒定光圈的超广角镜头

■ 佳能EOS 7D
■ EF 24-105mm F4L IS USM
■ 光圈优先 F4 1/100秒 ISO100

 佳能"小三元"高质量标准变焦镜

佳能 EF 24-105mm F4L IS USM

画质与EF 24-70mm F2.8L USM并驾齐驱的防抖L级别红圈镜头，适合旅行者搭配EOS 7D使用

具备优异的操作性能与解像力表现

操作与性能	★ ★ ★ ★ ★
解像力	★ ★ ★ ★ ★
性价比	★ ★ ★ ☆
综合推荐程度	★ ★ ★ ★

佳能EF 24-105mm F4L IS USM具有四倍变焦，恒定光圈F4，加上IS防抖系统和防尘防水设计。整体的尺寸重量与24-70L相比，镜头口径同为77mm，长度缩短了1.7厘米，重量减轻近300克，可以说为摄影师减轻了负担。镜头前端红色圈环代表标记L级别镜头，加上IMAGE STABILIZER的银色标牌，镜头做工上佳。

四倍光学变焦，在长焦端时内镜筒会向前伸出。最近对焦距离为45厘米，比24-70L的38厘米稍远一些，但在长焦端的最大放大倍率为0.23×，而24-70L则为0.29×。

在USM超声波马达的驱动下，如此庞大体积的镜头依旧可以宁静和迅速，尤其在追焦对焦时也毫不拖泥带水。第三代的IS防抖系统，根据实际的测试，在105mm长焦端1/15秒的快门速度下拍摄表现稳定，在1/8秒的快门速度下依然保持有得到清晰照片的可能性，大约达到3-4级快门防抖性能。这样对于机动场合的拍摄，可克服光线不足的困扰，得到清晰的影像。13组18片的镜片构成中，包含UD镜一片和非球面镜3片，可以对于各种色散提供良好的矫正。

24-105L具有优异的操作性能与解像力表现，价格也比较合理。对于7D的使用者来说，在旅途中建议你配置EF-S 10-22mm加上24-105L IS两只镜头交替使用便能应付各种题材拍摄，拍出优质照片。

● 规格表

7D对应焦距	36-168mm
镜头结构	13组18片
光圈叶片	8片
最小光圈	22
最近对焦距离	0.45m
滤镜口径	77mm
直径×长度	83.5×107mm
重量	670克
遮光罩	EW-83H（内附）
上市时间	2005年8月
参考价格	RMB 7000

● 解像力测试

焦段	位置	最大光圈	F8
24mm	中央	优异	优异
24mm	周边	优异	优异
50mm	中央	优异	优异
50mm	周边	优异	优异
105mm	中央	优异	优异
105mm	周边	极好	极好

光圈优先 F2.8 1/1000秒 ISO100

佳能 EF 24-70mm F2.8L USM

与定焦镜头素质相媲美，覆盖常用焦段的大光圈变焦镜头

众多佳能用户的梦中情人

操作与性能　★★★★★
解像力　　　★★★★☆
性价比　　　★★★
综合推荐程度　★★★★☆

　　佳能在2002年推出了EF 24-70mm F2.8L USM镜头以取代EF 28-70mm F2.8L USM，镜头重量以及产品定价都看起来十分高档，镜身比前一代产品略长6mm，且广角端拓展到24mm，并且添加了防尘防滴性能，此境以无可取代的素质，成为佳能用户的梦中情人。

　　24-70L的最近对焦距离由28-70L的50cm大幅缩短到38mm，这使得最高放大倍率改进到0.29倍，搭配APS-C画幅相机甚至可达0.46倍，近拍题材拍摄时方便很多，由于兼备了超广角、防尘防滴性能、放大倍率也有大幅度提升，所以操作性能获得五颗星的高分。此外，超大莲花型遮光罩、镜头软皮套等套件也随镜附送。

　　佳能28-70 F2.8L镜头的第一枚采用了大口径研削非球面镜片，而24-70 2.8L不仅第一枚，连最后一枚镜片也采用了研削非球面镜片，中间还含有一枚UD镜片，特别加强了对眩光和暗角的抑制。在画面变形控制方面，广角端的桶状变形比较轻微，在色调方面的表现，24-70L的反差比上一代28-70L要略高一些。

　　数码解像力方面的测试，足以证实EF 24-70mm F2.8L USM在画面上的表现绝非浪得虚名。全焦段的中央部分画质均达到优异水平，在50mm焦段全画面画质与50mm的标准定焦镜头不相上下。在广角端镜头的周边成像稍柔，不过整体表现上24-70L还是达到了接近满分的水准。EF 24-70mm F2.8L USM搭配1DS MARK III或者5D MARK II等全画幅相机可以发挥镜头的所有潜在性能，搭配7D等APS-C画幅相机则失去了镜头的广角端。

● 规格表

7D对应焦距	38-112mm
镜头结构	13组16片
光圈叶片	8片
最小光圈	22
最近对焦距离	0.29m
滤镜口径	77mm
直径×长度	83.2×123.5mm
重量	950克
遮光罩	EW-83F（内附）
上市时间	2002年12月
参考价格	RMB 9700

● 解像力测试

焦段	位置	最大光圈	F8
24mm	中央	优异	优异
24mm	周边	极好	优异
50mm	中央	优异	优异
50mm	周边	优异	优异
105mm	中央	优异	优异
105mm	周边	极好	优异

佳能 EF 70-200mm F4L IS USM

一支长焦镜头可以手持以1/6秒的快门速度拍摄，的确使许多不可能的环境下的拍摄成为可能

佳能"小三元"中的长焦镜头

操作与性能	★★★★★
解像力	★★★★★
性价比	★★☆
综合推荐程度	★★★★

佳能"小小白IS"（EF 70-200mm F4L IS USM）和"小小白"（EF 70-200mm F4L USM）这两款镜头摆在一起的话看起来非常相似。无论是前端的红圈线环、对焦环和变焦环设计，可以说如出一辙。唯一的不同，在镜头底部的"IMAGE STABILIZER"的标识，以及侧边新增加的IS切换开关，显示出"小小白IS"的身价。

"小小白IS"和"小小白"相比，重量相仿，由原先的705克略增加到760克，这只镜头尤其适合在旅行摄影中使用。镜头采用内对焦设计，镜筒长度固定且滤镜环不会转动，最近对焦距离为1.2m，镜身上设有开关切换1.2m-无限远，或者3m-无限远，脚架环接座需要另外选购。

上一代产品"小小白"的操作性能已经获得极高的评价，而"小小白IS"以矫正4级快门速度防抖，以及镜头接环防水橡胶环的改进，赢得了接近满分的操作性能。

数码解像力方面的测试中，"小小白IS"在光圈F4时，各焦段的中央部分画质都达到了优异水平，画面周边则都在良好以上。光圈收到F8之后，都因反差提升而画质再上一层楼，全画面均达到顶级素质。与"小小白"相比较，解像力在伯仲之间，并没有因为增加了一组防抖镜片而使画质有所损失。

在开启IS防抖功能之后进行特殊的解像力测试，如果快门速度够高（例如高于安全快门速度）则解像力表现与平时无异，但如果使用三脚架、缩小光圈后快门速度降低，则开启IS防抖会略微影响画质。

在现实的使用中测试发现，同样在200mm长焦端以一位成年男子手持拍摄测试，无防抖功能镜头"小白"（EF 70-200mm 2.8L USM）可撑到1/80秒的快门速度，再慢的快门速度则会有明显抖动，"小小白"镜头的测试结果则与"小白"相似。而"小小白IS"轻松通过了4级快门速度的考验，在1/13秒的快门速度下依旧有80%以上的拍摄成功比率。若再慢一档快门，在1/6秒的速度下，200mm焦距拍摄，得到清晰影像的可能性高达50%。

● 规格表

7D对应焦距	112-320mm
镜头结构	15组20片
光圈叶片	8片
最小光圈	32
最近对焦距离	1.2m
滤镜口径	67mm
直径×长度	76×172mm
重量	760克
遮光罩	ET-74（内附）
上市时间	2001年9月
参考价格	RMB 5300

● 解像力测试

焦段	位置	最大光圈	F8
70mm	中央	优异	优异
70mm	周边	良好	优异
135mm	中央	优异	优异
135mm	周边	良好	优异
200mm	中央	优异	优异
200mm	周边	极好	优异

- 佳能EOS 7D
- EF 70-200mm F4L IS USM
- 光圈优先 F4 1/1000秒 ISO400

 轻便的70-200mm长焦镜头 "小小白IS"

佳能 EF 70-200mm F2.8L IS USM

佳能"大三元"中口碑最红火的一款L级别顶级镜头
佳能"小白IS"的当家长焦镜头

操作与性能　★★★★★
解像力　　　★★★★★
性价比　　　★★★☆
综合推荐程度　★★★★★

如果要问佳能摄影迷们朝思暮想的镜头是哪一只，相信"小白IS"应该会是人气的NO.1。优异的光学素质，加上昂贵的价格，让他成为最具话题讨论的镜头之一。

优异的防抖功能为这款沉重的大口径长焦镜头提供了优异的便利性。在拍摄人像或生态摄影中所需要机动性的场合，省去了携带三脚架的不便。而在实际的系列拍摄中，证实了手持在快门速度为1/30秒以下，在200mm长焦端仍然能保证得到稳定的影像。第三代IS技术具有高精度、高速度特点，装在三脚架上都无须关闭IS开关，"小白IS"的防尘防水橡胶接环设计令镜头的防护无懈可击。

镜身的一侧有IS两功能选择：Mode1是上下、左右皆修正防抖，适用于一般情况下的拍摄。Mode2则适用于拍摄追踪摄影，仅矫正上下方向的抖动。IS系统启动时间差，也由前一代的按下快门后一秒缩短为0.5秒，便能准确的修正画面的晃动。

EF 70-200 2.8L IS最近对焦距离缩短至1.4m，镜头为内对焦固定镜长设计，三脚架座可拆卸。配上大号莲花形遮光罩，使得镜头外观相当之拉风。

"小白IS"采用4片超低色散UD镜片，改进了长焦端的影像解析度，圆形的光圈叶片让焦外的虚化令人满意。色调上的表现充分体现了佳能镜头高饱和度的特性，但又不仅是色彩艳丽而已，在人像拍摄上能看到耐看的粉嫩肤色。

虽然这款镜头价值不菲，但是它使得摄影的乐趣倍增，它算是光学镜头开发上的里程碑式的产品。直到2010年3月 推出了二代小白IS，防抖性能可达四级防抖，给摄影者们提供了更大的便利。

● 规格表

7D对应焦距	112-320mm
镜头结构	18组23片
光圈叶片	8片
最小光圈	32
最近对焦距离	1.4m
滤镜口径	77mm
直径×长度	86×197mm
重量	1570克
遮光罩	ET-86（内附）
上市时间	2001年9月
参考价格	RMB13400

● 解像力测试

焦段	位置	最大光圈	F8
70mm	中央	优异	优异
70mm	周边	极好	优异
135mm	中央	优异	优异
135mm	周边	优异	优异
200mm	中央	优异	优异
200mm	周边	极好	优异

佳能EOS 7D
EF 70-200mm F2.8L IS USM
光圈优先F4.5 1/500秒 ISO100

朝思暮想的佳能顶级长焦镜头

价格依旧昂贵的 "小白兔"

佳能EOS 7D
EF 70-200mm F2.8L II IS USM
光圈优先 F3.2 1/800秒 ISO100

佳能 EF 70-200mm F2.8L II IS USM

佳能当家长焦镜王，在发售9年以后，后继有人！
镜头防抖功能从原本的3级防抖提升为4级

操作与性能　★ ★ ★ ★ ★
解像力　　　★ ★ ★ ★ ★
性价比　　　★ ★
综合推荐程度　★ ★ ★ ★ ☆

二代小白IS的手握感与小白IS相似，两款镜头都支持全时手动对焦，不知为何二代小白IS的对焦环设计会略微变宽，我认为反而有可能在操作中造成误触而糊焦。

2001年的小白IS到2010年的二代小白IS，无论是对焦速度和IS防抖性能以及灵敏度都可以感觉到比一代的提升。在拍摄时，相机的取景器中就可以感受到佳能这9年来新开发的新一代的IS系统，纠正抖动的性能更上一层楼，令人满意。

二代小白IS重要的改进包括：使用了1枚昂贵的萤石镜片，防抖的补偿由以前的3倍防抖提升为四倍，最近对焦距离也从原来的1.4m改进为1.2m，最大放大倍率由0.17×提升为0.21×。

外观方面：加宽了对焦环的宽度，对焦模式按键、接环部位等防尘防水性能也都有更完善的改良。滤镜口径依旧是77mm不变，镜头直径略加大，长度也略微增长了2mm，重量由1570克减轻到1490克。

佳能"小白IS"的18组23片的光学结构中使用了4片UD（超低色散）镜片；如今"二代小白IS"19组23片的镜片中搭载了一枚萤石镜片和5枚UD镜片。实测解像力结果发现，在70mm和135mm焦段，二代小白IS全开光圈就已经达到顶级画质，缩小光圈

后锐度更是提升到直逼定焦镜头的素质。在最长焦200mm端，二代小白IS全画面皆达到一致性的优异水平，周边部分的画质尤为胜过前代产品，最主要的是萤石镜片发挥了残存色散差的校正能力，因此影像的清晰度随之提高。

实测防抖性能的结果，二代小白IS确实在防抖性能上有明显的提升，不仅在1/50秒的快门速度时可以几乎百发百中的清晰拍摄，到了1/13秒的时候还有40%的成功防抖几率，相对于手持如此沉重的镜头来说，可以说是不可思议。

● 规格表

7D对应焦距	112-320mm
镜头结构	19组23片
光圈叶片	8片
最小光圈	32
最近对焦距离	1.2m
滤镜口径	77mm
直径×长度	88.8×199mm
重量	1490克
遮光罩	ET-87（内附）
上市时间	2010年3月
参考价格	RMB 16500

● 解像力测试

焦段	位置	最大光圈	F8
70mm	中央	优异	优异
70mm	周边	极好	优异
135mm	中央	优异	优异
135mm	周边	极好	优异
200mm	中央	优异	优异
200mm	周边	极好	优异

佳能 EF 50mm F1.2L USM

搭配全画幅相机是明亮的大口径自动对焦标准镜头，搭配EOS 7D则成为中长焦标准人像镜头的首选

相比EF 85mm F1.2L Ⅱ USM更容易入手的高档人像镜头

操作与性能　★★★★☆
解像力　　　★★★★☆
性价比　　　★★
综合推荐程度　★★★★☆

佳能过去曾经有一款缔造纪录的EF 50mm F1.0L标准镜头，不过早已停产。继2006年佳能发布了EF 85mm F1.2L Ⅱ USM之后，再度发布了EF 50mm F1.2L USM，虽然他们同样都是佳能昂贵的红圈定焦镜头。但是相比于EF 85mm F1.2L Ⅱ USM和EF 35mm 1.4L USM的定价，EF 50mm F1.2L USM还算是性价比相对适中的佳能标准镜皇。

外观和操作：硕大的前端镜片，L级别镜头的红线环彰显出它的身价。镜头的整体质感与EF 85mm F1.2L Ⅱ USM和EF 35mm 1.4L USM近似。虽然最大光圈达到F1.2，这只标准镜头的USM超声波马达仍能执行高速且精准的AF，且有全时手动对焦的功能。最近对焦距离为45公分，滤镜口径为72mm。搭配EOS 550进行对焦测试，全开光圈下合焦相当精准。

EF 50mm F1.2L USM镜片构成为6组8片，后端为一片大口径的非球面镜片，加上特殊的镀膜，使用在数码相机上可有效减少镜头内有损画质的光线折射问题。圆形光圈叶片让背景虚化相当自然。全开光圈拍摄可见有周边暗角，大约缩减一级光圈可以完全消除。

解像力在全开光圈下中央部位可达到极好的水平，周边则为良好的画质。光圈F2时中央画质可更上一层楼，F4时则周边画质也可达到顶级水平。

佳能有三款50mm定焦镜头，分别为EF 50mm F1.2L USM、EF 50mm F1.4 USM和50mm F1.8 Ⅱ。50 F1.2L的重量恰好是F1.4的两倍，而价格却是将近5倍之多。享受超大光圈镜头的人像摄影，就是要付出不同寻常的金钱付出。

● 规格表

7D对应焦距	80mm
镜头结构	6组8片
光圈叶片	8片
最小光圈	22
最近对焦距离	0.45m
滤镜口径	72mm
直径×长度	85.8×65.5mm
重量	580克
遮光罩	ES-78（内附）
上市时间	2006年11月
参考价格	RMB 10500

● 解像力测试

位置	中央	周边
F1.2	极好	良好
F2	优异	良好
F4	优异	优异
F8	优异	优异

明亮的超大口径 "红圈" 标准镜头

- 佳能EOS 7D,
- EF 50mm F1.2L USM,
- 光圈优先 F1.4 1/3200秒 ISO100

明亮、沉重的顶级人像镜头

- 佳能EOS 7D
- EF 85mm F1.2L II USM
- 光圈优先 F1.2 1/500秒 ISO200

佳能 EF 85mm F1.2L II USM

"奶油"一般柔和的焦外成像，有别于佳能一贯的锐利鲜艳，在人像摄影时对肤色的表现却更有效果

AF性能大幅度提升的佳能当家人像新镜皇

操作与性能　★★★★☆
解像力　　　★★★★★
性价比　　　★★
综合推荐程度　★★★★☆

佳能EF 85mm F1.2L II USM延续了上一代85L特有的金属镜身涂层质感。它重达1.025公斤，最大直径为91.5mm，前端超大口径镜片闪耀着黄绿光镀膜的颜色，加上L级别镜头专有的红线环，第一眼就让人印象深刻。

镜片组为7组8片，包含一枚厚重的非球面镜片，以及2片高曲折率镜片。EF 85mm F1.2L II USM的最近对焦距离为0.95m，在放大倍率计算中略微吃亏。该镜的USM马达，在无电力驱动时，并不能以转动对焦环来进行手动对焦，这是与其他的USM马达的不同之处。

最令人关心的便是这款镜头的AF性能，第一代85L可以用"老牛拖车"来形容也一点不为过，因为沉重的镜片加上当时刚刚发布的第一代USM超声波马达，其驱动力无法有效发挥。时隔17年，事实证明佳能的超声波马达技术已经成为市场上的主流，当然对于第二代85L II也有着突破性的改良。实际使用发现，85L II的AF虽然受限于对焦行程的长度以及镜片组的重量，不过整体来说速度上已经有着相当程度的改善，可以用"轻快顺畅"来形容。

在数码解像力测试中，在F1.2的超大光圈下，中央部分即达到顶级素质，周边也达到良好以上。光圈缩小至F2.0以上，更能提升到全画面的优异画质，解像力为满分五颗星。不过购买这款镜头的人们都知道，这款镜头最具魅力的一点也就是它全开光圈F1.2时的虚幻画面，这也就是无数人不惜用重金购买的原因所在。

● 规格表

7D对应焦距	136mm
镜头结构	7组8片
光圈叶片	8片
最小光圈	16
最近对焦距离	0.95m
滤镜口径	72mm
直径×长度	91.5×84mm
重量	1025克
遮光罩	ES-79II（内附）
上市时间	2006年6月
参考价格	RMB 15000

● 解像力测试

位置	中央	周边
F1.2	优异	良好
F2	优异	优异
F8	优异	优异

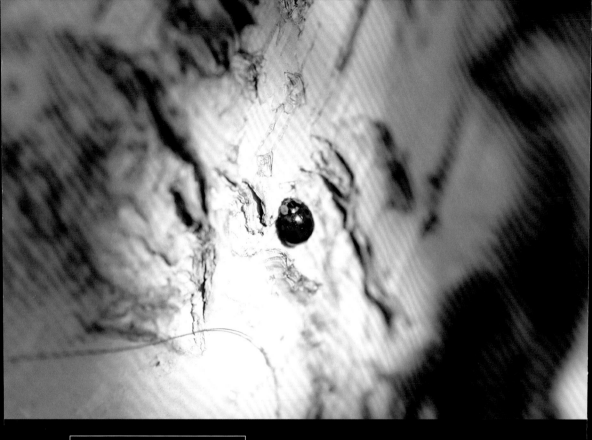

■ 佳能EOS 7D
■ EF 100mm F2.8L Macro IS USM
■ 光圈优先 F2.8 1/1000秒 ISO200

 最高达四级防抖性能的L级别微距镜头

佳能 EF 100mm F2.8L Macro IS USM

全球第一支配备佳能混合型光学影像稳定器（Hybrid IS）的微距镜头

市面上唯一能1:1放大微距拍摄时仍能保持2级快门防抖效果的镜头

操作与性能　★ ★ ★ ★ ★
解像力　　　★ ★ ★ ★ ★
性价比　　　★ ★
综合推荐程度　★ ★ ★ ★ ★

　　佳能随着EOS 7D相机的问世，同时发布了全新的中长焦微距镜头EF 100mm F2.8L Macro IS USM，其具备最高4级防抖能力并把佳能的系列防抖镜头晋升至红圈L级别。

　　佳能"新百微"滤镜口径由原来的58mm扩大到了67mm，外观上镜身加长了一些，并且可以另购三脚架接座（旧款"百微"并无此配件），接环部分有防尘防水设计，搭配在佳能的旗舰机种上足以应付恶劣天气下的拍摄。

　　EF 100mm F2.8L Macro IS USM是世界首支配备有佳能混合型光学影像稳定器（Hybrid IS简称H IS）的微距镜头，也是佳能首支防抖微距镜头。在微距摄影时，H IS不单具备以往的影像稳定器加速感应器，针对倾斜式的相机震动做出修正。首次加入加速度感应器来感应平移时相机震动的幅度，再做出最佳的防抖补偿，让拍摄者在无法使用脚架手持相机的拍摄下也能拍出清晰锐利的微距相片，增加拍摄的灵活度。

　　一般拍摄时，EF 100mm F2.8L Macro IS USM可矫正4级快门速度，在测试中可在1/8秒的快门速度下有着70%以上的照片可保持清晰。等倍微距拍摄时可矫正约2级快门速度，大约在1/30的快门速度下仍旧轻松胜任拍摄任务。

　　镜头采用全新研发的12组15片的镜头设计，其中1片UD（超低色散）镜片能有效消除近摄时常见的色散问题，确保能拍摄出高对比度及色彩丰富的优质影像。9片圆形光圈叶片能营造出柔和优美的散景效果，所以镜头也适合人像拍摄使用。优化的镜片排列方式及镀膜，能有效降低在数码单反相机上常见的鬼影及眩光现象。

　　在数码解像力方面，全开光圈下即有最顶级的画质，与旧款"百微"相当。虽然"新百微"价格昂贵，但对喜爱生态摄影的人士来说，完美的操作性能与高画质的回报，"新百微"依旧是你的不二之选。

● 规格表

7D对应焦距	160mm
镜头结构	12组15片
光圈叶片	9片
最小光圈	32
最近对焦距离	0.3m
滤镜口径	67mm
直径×长度	77.7×123mm
重量	625克
遮光罩	ET-73（内附）
上市时间	2009年9月
参考价格	RMB 6400

● 解像力测试

位置	中央	周边
F2.8	优异	优异
F8	优异	优异

图书在版编目（CIP）数据

佳能EOS 7D全程学习指南 /新锐摄影　张　璋　等编著.
北京：化学工业出版社，2011.3
ISBN 978-7-122-10351-2

I.佳… II.新… III.数字照相机：单镜头反光照相机–摄影技术–指南
IV.①TB86-62 ②J41-62

中国版本图书馆CIP数据核字（2011）第002527号

责任编辑：郑叶琳　　　　　　　　　　装帧设计：尹琳琳
责任校对：边　涛

出版发行：化学工业出版社（北京市东城区青年湖南街13号　邮政编码100011）
印　　装：北京博海升彩色印刷有限公司
720mm×1000mm　1/16　印张8$\frac{3}{4}$　字数　159　千字
2011年4月北京第1版第1次印刷

购书咨询：010－64518888（传真：010－64519686）
售后服务：010－64518899
网　　址：http://www.cip.com.cn
凡购买本书，如有缺损质量问题，本社销售中心负责调换。

定　　价：45.00元（附光盘）